The Key
to the Library

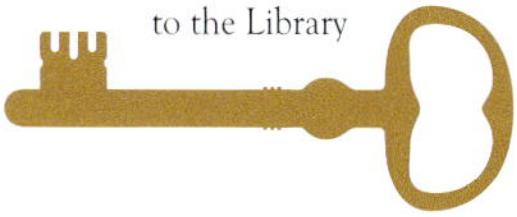

喜多川 泰

書斎の鍵

父が遺した「人生の奇跡」

現代書林

本には世界を変える力があると
信じる私から
君に、愛を込めて贈る……

目次

書斎のすすめ　読書が「人生の扉」をひらく

遺言状

――二〇五五年二月二十二日

「部長、ちょっとよろしいですか？」

前田浩平《まえだこうへい》は、部長室の入り口から中をのぞいた。

「ん？」

部長の井上が、手元のタブレットから目線を上げた。

「どうした？」

井上はタブレットをデスクの上に置いて、歩み寄ってきた浩平の目を眼鏡越しに見つめた。

浩平の手には、一枚の紙が握られている。

「実は、明日から三日ほど休みをいただきたく思いまして……」

「休み?」

「はい……申し訳ありません」

「休みは、少なくとも一週間前には届けを提出することになっていることは、君も知っていると思うが」

「そうなんですが……実は、父が亡くなりまして」

井上は、叱責《しっせき》の言葉を飲み込むように、口を開けたまましばらく固まったかと思うと、急に立ち上がり、クルリと背を向けた。

「そ、そうなのか……そういうことなら、まあ仕方がないが……」

井上は慌ててデスク袖の引き出しを開け、書類に押すための印鑑を探し始めた。

「まったく、この時代になっても書類にハンコがいるなんて……日本人は漢委奴国王《かんのわのなのこくおう》の金印《きんいん》を贈られたときから、ハンコを重要視しすぎてるとしか思えん」

ぶつぶつと独り言を言いながら印鑑を探す井上は、珍しく動揺しているようだ。

浩平は、そんな井上の姿を見るのは初めてだった。

「それにしても、急な話だな。ずっと悪かったのか?」

井上の様子が、いつもの堂々とした態度に少しずつ戻っている。

「いえ……それが……私も先ほど亡くなったことを知りまして」

「ということは、事故か何かか？」

「いいえ、あの……急に悪くなったとか、事故とかではなく、ずっと悪かったようなのですが、私には知らせないようにと父が言っていたようで……ガンでした」

「――ガン？　今の時代にガンで亡くなるなんて……。本当なのか？　しかもまだ若いだろ……」

「七十八です」

井上は首を振っている。「そんな若さで……」とでも言いたそうだ。

「正直なところ、私もよくわからないんです。ただ、亡くなったという連絡だけが、母からきまして。実家に帰ってみないと詳しいことは……」

井上は、浩平の差し出した休暇願いに印鑑を押した。

「ご迷惑をおかけします。今日の仕事と、休みをいただく分の仕事の引き継ぎはちゃんと……」

「大丈夫だ。心配するな。加藤が全部やるだろう。俺から言っておいてやる。それより三日と言わず、一週間ぐらいゆっくりしてきたらどうだ。君は確か一人っ子だったよな。実家には頻繁に帰れるわけでもないだろうし、いろいろ大変だろうから」

井上はそう言うと、すでに浩平の話には興味をなくしたかのようにクルリと背を向け、窓の外に広がるビル群を見下ろしていた。

浩平は返事に困り、井上の背中を見つめた。

「でも、仕事が……」と言いかけて浩平は口をつぐんだ。これ以上話を続けると、井上に言わなくてもいい一言を言わせてしまいそうだ。それは、浩平にとって聞きたくない一言でもある。

「すみません。それではお言葉に甘えさせていただきます。よろしくお願いします」

浩平は頭を下げると井上に背を向けた。

部長室の壁に並んだ書棚の横を大股で歩き、足早に部屋を後にした。


「どうでしたか課長。休みとれましたか?」

自分のデスクに戻ると、入社二年目の加藤健之助《かとうけんのすけ》がすぐに話しかけてきた。

「ああ」

「ってことは、これから三日間、いつも課長がされていることを、俺一人でやるってことですよね。何か緊張するなぁ」

浩平は思わず目元が緩んだ。かわいい奴だと思う。井上部長でなくても、加藤のことをかわいい部下だと思わない人間はいないだろう。

「三日じゃない。一週間だ」

「ええ！　マジっすか」

加藤の大きな声に、周りで働いていたスタッフ数人が振り返った。

「どうしたの？」

ワンチュクが声をかけてきた。

「大丈夫。カディンチェ《ありがとう》」

加藤が苦笑しながら答えた。

「心配するな。お前一人で大丈夫だ。俺以上にうまくやれるさ。それに今年、第二就活で入ったばっかかりの上野さん。あの人けっこう物知りだから、何かと助けてくれるだろう」

「第二就活で入ってきた人たちって、俺のじいちゃんより年上の人なんすよ。先輩として引っ張っていくなんて自信ないっすよ……」

第二就活は、定年退職した人たちが対象の就職活動だ。各企業が労働力を確保するため、現役で働ける七十歳以上の人材を率先して採用するようになって以来、大卒の就職活動と同じ規模で行われるようになった。この採用形式を、浩平の会社でも導入している。

「大丈夫。上野さんはお前の言うことを聞いてくれるから」

加藤は渋い顔をした。

「課長がいないと、心配っすよ……」

そう言っておいて、加藤は慌てて表情を引き締めた。

「でも、安心して行ってきてください。俺、精いっぱいやります」

加藤の目は、不意にやってきた仕事のチャンスに燃えているように見えた。父の葬式に向かう浩平には、まぶしすぎるほどの輝きだった。

「何かわからないことがあったら、連絡をくれればいいから」

「わかりました。で、何をしておけばいいですか？」

浩平は目をそらした。

「それは、部長から指示があるそうだ」

浩平はそう言うと、デスクの上の資料を分類し始めた。一つの山を机の上のブックスタンドに立て、別の山をタブレットと一緒に加藤に渡すと、残った一山をすでにパンパンに膨らんだ鞄《かばん》の中に投げ込んだ。

「もう、帰るんですか？」

加藤が慌てて声をかけた。

「ああ、準備もあっていろいろ忙しいからな」と言いながら、浩平は歩き始めていた。

足早に入り口へと向かう浩平の背中に、加藤は「お気をつけて」と声をかけたが、浩平の耳には届いていなかった。

営業の仕事にはもっぱら自動運転ソーラーカーを使っている。だから、午前十一時台に自宅方面に向かう電車に乗ることなんて、滅多にない。

出勤時も帰宅時も、とにかく満員の人いきれに慣れていた浩平は、座っている人もまばらな車内を見渡して戸惑いを覚えた。いつもと同じ乗り物とは思えないのどかさだ。心地よく揺れる車内に、冬の日差しが斜めに差し込み、揺れに身を任せて眠気を誘われた老女がうたた寝をしている。

浩平は長い座席《ロングシート》の真ん中あたりに腰を掛けた。同じ座席に座っている人は誰もいない。

車内にぶら下がった中吊りパネルが、宇宙旅行ツアーのＣＭを繰り返している。

後頭部に照りつける冬の太陽と、座面からのヒーターの熱を感じながら電車に揺られていると、先ほどの井上部長や加藤との会話が頭によみがえり、何度も繰り返された。

いつからか、会社から期待されなくなった。いや、浩平の場合は最初からと言ってもいいだろう。

就職活動中、他の会社では書類で落とされてばかりだったのに、なぜだかこの会社だけはトントン拍子で面接が進み、あっさりと内定をもらった。しかも、浩平の希望する研究職での内定だった。内定の知らせを受け取った瞬間、浩平は自分ほど運がいい奴はいないんじゃないかと密かに思っていた。

そこまではよかった。

大手医療機器メーカーである今の会社で、研究員として働くことになった浩平は、入社した年の春、初出勤の日に交通事故に遭い、三カ月の入院生活を余儀なくされた。

その後、職場に復帰することはできたが、事故が原因で、右手の親指、人さし指、中指が思いどおりに動かなくなった。結果として、研究開発に必要な両手の作業だけでなく、字を書くことさえもままならなくなり、部署を営業部に変えられてしまった。配属が変わる知らせを受け取った瞬間から、浩平は自分ほど運が悪い奴はいないと思い始めた。

浩平の人生の歯車が大きく狂い始めた。

小さい頃から、人と接するのが苦手だった浩平は、一人で研究に没頭できる仕事をずっと夢見ていた。人付き合いが苦手なままでも幸せになれる人生設計を、自分なりに考えた結果の目標だと言える。そんな生き方を叶えるべく、子どもの頃からひたすら勉強に没頭し、理系の大学院を卒業して、この会社にやってきた。

つまり、人と接して仕事を獲得してくる営業という仕事は、浩平が、避けて生きようと決めていた道でしかなく、当然のことながら、仕事で活躍などできるはずもなかった。

この会社で実現しようと思っている夢や希望を熱く語る若い加藤と一緒に仕事をしていると、内定をもらって働き始めるまでの自分を見ているようで、思わず苦笑いが浮かんでくる。

「加藤は、夢が大きいんだな」

一度、浩平は皮肉を込めて言ったことがある。

「え、すいません……」

加藤は上司の気分を損ねたことを詫《わ》びる。相手の感情の微妙な変化を感じる能力が、人一倍強い。この一点だけを考えてみても、自分なんかよりも何倍も営業に向いていることが浩平にもわかる。

「課長はないんですか？　この会社で叶えたい夢」

あまりにも真っすぐな質問が返ってきたので、浩平はそれについて話すのをやめた。

放っておけば、いずれ加藤も自分と同じようになるだろう。

いつの間にか、会社にいいように利用されながら、文句も言えず、ただ言われたことをするだけの出口のない毎日に気づき、ため息をつくようにもなるだろう。そのときになって初めて、夢や希望といったエサで会社にうまく利用されて、飼い慣らされていることに気づくのだ。

でも、気づいたときにはもう遅い。エサを与えられることに慣れた動物は、野生に戻ることはきわめて難しい。エサを与えられない人生に飛び込んだときに、果たして今のように生きていけるのかどうか不安でたまらなくなる。結果として、現代社会で生きていくために、奴隷のように従うしかないのだ。

そして、会社に対してたくさんの不満を抱えながらもしがみついて生きていくしかない存在を、会社というのは敏感に嗅ぎ分ける。

おのずと、浩平のような社員は期待されなくなり、夢や希望を〝働く原動力〟に変える加藤のような新入社員が優遇されることになる。

浩平は、スーツの左胸につけた社章をチラッと見てため息をついた。

「◯《マル》」の中に「S」の文字が入り、円周上の十時の位置に星印があしらわれた誰もが知っている社章は、入社した当時は誇りだった。が、今では孫悟空の頭につけられた輪っかのように、「支配された人生」を約束している拘束具だった。

社章の電源を切り忘れていることに気づいた浩平は、慌ててスイッチをオフにした。社章の星の部分は小型カメラになっている。勤務時間中には自動で動画の撮影をし、営業部長の部屋に並んだモニターに営業部全員の視界に入っているものが映し出される。かつて、外回りの営業マンがパチンコや喫茶店で時間をつぶしたり、コンビニの駐車場に車を停めて寝ていたりした時代があったと、若い頃に先輩に聞いたことがあるが、今では考えられないことだ。

車窓の外では、家々の屋根の発電パネルが太陽光を反射して、代わる代わる浩平の目に飛び込んでくる。まぶしさに目を細めた。

自分の父親の死という現実を前に、「少しは父のことを思い出したり、考えたりしなければならない」という義務感が心を占めている。だが、なぜだかそういう気持ちにもなれない。もう何年も会っていないから、実感がわかないと言ったほうが適当だろう。

「心に大きな穴がぽっかりと空いたような……」なんて表現を誰もがするが、そんな気持ちにもならない。どこか、遠くの国で起きた事件に対して抱く感情のような距離感があった。

考えることといえば、井上部長と加藤、そして自分の、会社での微妙な人間関係についてだ。つまり、いつも目の前にある問題ばかり……。

父親の死という知らせに、涙の一つも流さないどころか、自分の目の前の不満ばかりに気を取られている。そんな自分を、心にどこか欠けた部分があるのではないかとすら思ってしまう。

同時に、自分はそういう性格だとあきらめてもいる。誰かの痛みを、自分の痛みとして感じるのが苦手なのだろう。そのくせ、自分の痛みは、どんな小さなものでも無視できないでいるが。

浩平は、ため息を一つついた。

会社から期待されていようがいまいが、「やるべきこと」をやっておかなければならないことに、変わりはない。浩平は鞄からタブレットを取り出して、今のうちにできる仕事をしておこうと思った。会社でなくてもできる仕事はたくさんある。

画面に触れると指紋が認識され、画面が立ち上がった。最初に目に飛び込んできたのは車のサイトだった。昨日の夜、それを見ながら眠ってしまったが、その画面がそのまま映し出された。

浩平の心は、一気に昨日の問題に引き戻された。

「車か……」

車を買い替えるということでは妻の日菜《ひな》と話は一致したものの、車種やグレード、色やオプションなど、決めるべき事柄の一つひとつで、意見が合わない。

「見た目はカッコいいほうがいいだろ」と浩平が言うと、「見た目より、故障がなく動くことのほうが大事よ。菊池さん家《ち》の車なんて、一度も故障したことないってよ」と日菜が言う。

確かに、今の浩平の車は二十年前のガソリン車で、よく故障する。付き合い始めた頃は、デートで車が故障しても、「いい思い出になるからいいよ」なんて笑ってくれていたのに、今では「また故障すると旅行が台無しになるから、リニア新幹線にしよう」と最初から車という選択肢を外してくるようになった。

「パワーもそこそこあったほうが……」という話をしようとすると、「そんな大きな車じゃなくていいわよ。菊池さん家のソーラーハイブリッド車によく乗るけど、パワー不足を感じたことはないって言ってたわよ」と言われる。

日菜が欲しいのは、どうやら菊池さん家の車に落ち着いている。浩平としては、是が非でも避けたい選択だった。

自分の大好きな車を売って、隣の家と同じ車を買うなんて……。それが二台並んだ姿を想像して、浩平は頭を振ってかき消した。だからといって、日菜の言葉を無視するわけにもいかない。

浩平は、日菜が欲しいと言う同種の車のなかでも、自分も好きになれそうな車を探すことに躍起になった。そして見つけた車が、今、目の前に映し出されている。

問題はグレードだ。浩平は自動走行システムと自分で運転するモードの切り替えができるタイプGといわれる水素ハイブリッド車にしたいのだが、日菜に相談すると、「このタイプEってやつが安くて一番いいじゃない」と言われるに決まっている。


浩平は、手を引かれながら紅葉の美しい公園を走っていた。

晴れ渡った空の乾いた空気に、土の香りが吸い込まれるように立ち上り、その香りの懐かしさに思わず息を大きく吸い込む。

「浩平くん、聞いて、聞いて！」

手を引いている少女が、足を止めた。

「私ね、ほかの惑星に行ったことがあるの」

浩平は、驚きと疑いの目で少女を見つめた。

「他の惑星？」

「そう。信じられないかもしれないけど、地球上でその星に行ったことがあるのは、私一人だけなんだ」

「何ていう星なの？」

「わからない。わからないけどすごく素敵な世界だったの。その世界の景色を浩平くんにも見せてあげたいんだけど、そこに行ったことがあるのは私だけだから、うまく伝わらないかも……」

少女は、話し方が徐々にトーンダウンしていき、最後には少し悲しそうな顔をした。

浩平の表情が、少女の話を信じていないように見えたようだ。

「信じてないでしょ」

「そんなことないよ」

浩平は、慌てて少女の機嫌を取ろうとした。

「へぇ、それはすごいね。地球上で君一人だけが行ったことがある星かぁ。すごいなぁ。どうやって行ったの？　宇宙人がやって来て連れ去って……って感じ？」

少女は小さく首を振る。

「浩平くんのお父さん」

「え？」

浩平は眉間にしわを寄せて、少女の顔をのぞき込んだ。

「何度も何度も、いろんな星に連れて行ってもらった」

「親父に？」

少女はうなずき、そして、笑顔になる。

「親父が？　宇宙へ……？」

駆け出した少女を、浩平は必死で追いかけた。

足の速さには自信があるのに、少女との距離はどんどん離れていく。どんなに足を速く動かそうとしても、思うように動かない。足が地面に着くまでに時間がかかる。その間にも少女はどんどん遠くに行ってしまう。もがけばもがくほど、浩平の身体は金縛りにあったように、ゆっくりとしか動かなかった。

やがて、小さな子どもに戻った浩平の肩に、優しく手をかける大人の手のぬくもりを感じて、浩平は少女を追いかけるのをやめた。

手の主は声を発しないままで、「もう追いかける必要はないんだよ」ということを浩平に伝えてくれている。

浩平はその顔を見上げたが、逆光でそれが誰なのかはわからなかった。


浩平は、膝の上に大きな衝撃を感じて目を覚ました。膝の上には鞄とコートがのせられていた。

「もう着くよ」

目の前には制服を着た女の子が立っていて、浩平の手を引っ張っている。左手に持っていた眼鏡をかけると、それが中学二年の娘の凜《りん》だとわかった。通路では妻の日菜が席を立ってコートを羽織っている。

「もう着いたのか」

浩平は車窓の景色に目を向けた。

そこには、二十数年前とほとんど変わらない懐かしい景色が広がっている。

改札を通って駅舎から出たときに目の前に飛び込んできた景色も、十年以上前に浩平が帰省したとき目にした景色と、ほとんど代わり映えがしなかった。

浩平ら親子三人は、タクシーに乗り込み、浩平の実家に向かった。

後部座席では、凜と日菜がお互いに服装の乱れがないか、確認し合っている。自分の家に帰るのは浩平一人であった。日菜にも凜にも他人の家に行くときのある種の〝緊張感〟があるが、浩平一人だけがそれを持っていない。

助手席の浩平は、ふるさとの街を思い出すように外の景色をぼんやりと眺めていたが、駅前とは一転して、街中《まちなか》の様子は昔の面影を残しているところがほとんどなくなっていた。

その変化は、直線的で広く新しい道路が縦横に造られることによって起こったものだと浩平は気がついた。建物が新しいだけなら、「昔はここにあれがあって……」と思い出すことができる。だが、昔なかった場所に大きな道路が通り、その通り沿いに大型のショッピングモールが立ち並ぶと、昔ここに何があったのかなんて、もはや思い出すこともできない。

浩平は、一抹の寂しさを感じた。

それでも、実家が近づいてくると、見覚えのある細い道や、古くからある建物が増えてくる。変わっていないところは本当に昔のままだ。

同時に、懐かしい景色に触れるにつれ、父親のことが少しずつ思い出されてきた。

正直、浩平には父親との思い出は少なかった。

医者だった父の雅彦は医院の仕事が忙しかったせいか、遊んでもらった記憶もあまりない。でも、父親と触れ合った回数が少ないからこそ、一つひとつを強烈に記憶しているのかもしれない。

浩平たちを乗せた車が、あるマンションの横を通り過ぎたとき、その一つを鮮明に思い出した。

そこは昔、バッティングセンターだった。

浩平が子どもの頃、父親にせがんで連れてきてもらったことがある。ところが、ほとんどバットに当たらないまま、空振りを繰り返した。

頭に血が上り、もう一度やらせてほしいと父親にせがんだが、同じように空振りを繰り返した後は、プライドもズタズタになった。

「まだやるか?」という父の雅彦の声に、力なく首を振った。

そのとき、父親に言われた言葉を浩平は忘れていない。

〈浩平、心配するな。人生で手に入るものは才能で決まっているわけじゃない〉

車は実家の前で止まった。

タクシーが走り去った後、やってきた静寂の中で玄関前に立つと、この扉の向こうに、もう動かなくなってしまった父が横たわっているという現実に、心臓の鼓動が速くなった。

それでも、扉を開けることにためらいを感じたりはしなかった。

浩平は、玄関の扉に手をかけた。

葬儀には、浩平が思っていたよりもはるかに多くの人が集まった。父の雅彦が、多くの人に慕われていた証しだろう。

雅彦の友人と名乗る人たちから「立派になったな。おじさんのこと覚えてるか?」というお決まりのあいさつも数多く受けた。自分が子どもだった頃の人間関係の中にいると、懐かしさと〝守られている〟という安心感、それゆえの窮屈さなど、かつての自分が感じていた様々な感覚がよみがえってくる。

葬祭場から帰ってきて、和室に作られた急ごしらえの祭壇の前に浩平は腰を下ろした。和室とつながっているリビングダイニングのダイニングテーブルのイスには、母の久絵が腰を下ろそうとしている。

「どっこいしょっと」

これから一人暮らしになる久絵が、いつもと変わらない明るい声であることに、浩平は少しだけ安心した。

葬儀が終わり、家の中で浩平と久絵、それに妻と娘の四人だけになると、一気に現実に引き戻される。

「これからのこと」「考えなければならないこと」は、たくさんあると思うのだが、とりあえず何から考えていいのかすら思い浮かばない。

それは、久絵にとっても同じであろう。

「ふん」とため息を一つつくと、「お茶でも入れましょうかね」と浩平の背中に言うなり、返事を待たずに立ち上がりキッチンに向かった。

日菜と凜は、別の部屋で荷造りをしている。凜の学校のこともあるので、浩平だけを置いて、二人は今日中に東京に帰ることになっていた。

浩平は雅彦の遺影を見つめた。スライドショーになっていて、ちょうど写真が変わったところだった。

数年前に撮られたもので、表情は穏やかだ。

雅彦が生きている間は考えもしなかったことだが、写真の父親を見ていると、今の自分が置かれている状況や、今後の身の振り方について、雅彦の意見を聞いてみたいという気持ちがわいてくる。

どれくらいそうして、ただ遺影を見つめていたか、浩平にもわからない。

気がつくと、目の前に久絵がお茶を持ってきていた。

「はい、どうぞ」

「ああ、ありがとう」

久絵は檜《ひのき》の一枚板の座卓にお茶を二つ置くと、お盆を膝元に置いたまま自分も腰を下ろした。

浩平はどんな話から切り出していいのかわからず、しばらく雅彦の遺影を眺めていた。

久絵も、同じように無言で雅彦の遺影を眺めるだけだった。

「結構来てくれたね」

「そうねぇ」

久絵の表情は、笑顔のようにも見えるが、実際のところ、何を考えているのかは浩平には読み取ることができなかった。

沈黙を破ったのは、久絵のほうだった。

「そうそう、お父さんの遺言があるの」

「ゆ……遺言？」

浩平は驚きのあまり、声が裏返った。

雅彦は、開業医としての収入を、贅沢《ぜいたく》をしないで生きること以外では、ほとんど二つのことに使っていたのを浩平は知っている。一つは児童施設に寄付をすること。もう一つは自分の趣味に使うこと。だが、浩平にとってその趣味は、何の興味もわかないものである。したがって、残されたものがあるとすれば、それが何であるか浩平には想像がついたが、それらであれば浩平には無用のものだ。

それ以外に、前田家には遺言しなければならないような財産などないはずだ。

　久絵は座卓の天板に両手をついて立ち上がると、奥の部屋に向かい、やがて、一通の白い封筒を手に戻ってきた。

「何が書いてあったの？」

「浩平と一緒のときに読もうと思って、まだ開けてないのよ」

　そう言うと、久絵は浩平の前に封をしたままの封筒を差し出した。浩平は、それにゆっくり手を伸ばした。

　表には「遺言状」と書かれ、裏には「前田雅彦」と父の名前が書かれている。それが父の直筆だということは、年をとり、筆跡が浩平の知っているそれから変わってしまっていても感じ取ることができる。

　浩平は、久絵と目を合わせた。久絵が軽くうなずいた。

　浩平は封を切って、中の手紙に手をかけたところで、思いとどまるように顔を上げて、久絵の顔を見た。

「母さん、これって……」

　父が、残った家族のために財産を残しておくとは思えない。そうなると、何か別のことが書かれている可能性が高い。例えば「お前には兄弟がいる」とか……。

　嫌な予感が浩平の脳裏をよぎる。

そんな、驚愕《きょうがく》の事実を受け取るだけの心の準備は浩平にはできていない。

「大丈夫よ。読んでみなさい」

久絵は、いつもと変わらない様子で落ち着き払っている。

どんなことが書いてあっても、受け入れるだけの心の準備ができているようだった。

浩平はもう一度、封筒に目を移すと、三つ折りにたたまれた紙を取り出して、丁寧に開いた。

遺言状

「離れ」は自由に使っていいが、使わない場合も私の死後一年間は、売買をせず残すこと。その後の扱いについては不問とする。その他、残された物の処分や保存については一切を息子、浩平に任せるが、「書斎」の鍵だけは「しかるべき人」に預けてある。

書斎の中に何があるかは知っての通りだが、浩平が書斎の中のそれらを必要とする場合は、その者から鍵を受け取ること。

また、浩平が必要を感じずにそのまま売りに出す場合は、購入を希望する者にその情報が伝わることになっているので、書斎の中身には手をつけずその状態のまま、相手に販売すること。

二〇五四年十一月二十三日

前田雅彦

「何これ?」

浩平は遺言状から目を上げて久絵を見た。久絵が浩平の手から遺言状を取り上げて、表情を崩さずにそれを黙読した。

「書いてあるとおりでしょ」

久絵は、笑顔で遺言状を浩平に戻した。もう一度目を通してみる。

まず、「離れ」は浩平にもわかる。

もともと趣味もなかった雅彦が、浩平が生まれた年に、実家の近くの小さな家を急に契約してきたもので、ときには内装業者が入り、ときには自分でと、長い年月をかけて改築を繰り返していった。家族が住むには小さすぎるが、自分だけのくつろぎの場としては十分すぎる大きさだ。一階にリビングダイニングとキッチン、そして書斎。二階にはゲストルームが一つあり、親戚などが泊まりに来たときにはそこを利用してもらっていた。まさに、雅彦にとっての小さな城。

浩平も「離れ」には何度か入ったことがある。が、浩平にとっては、つまらない場所でしかなく、いつも一人ですぐに帰ってしまい、長居をすることはなかった。

もちろん、「書斎」にも入ったことがある。

天井を取り去り、二階の屋根までを吹き抜けにした、高い壁全面が本棚になった部屋だ。改築には相当のお金と時間をかけて造ったであろうことが、大人になった今ではわかる。その頃のことは、浩平は赤ん坊だったから覚えていない。浩平が気づいたときには、棚のほとんどに本が埋まっていた。

緑がかった濃紺の絨毯《じゅうたん》が敷かれた部屋の真ん中には、豪華な照明がぶら下がり、その下には幅広の机が入り口正面に向かうように置いてある。

父の雅彦はこの部屋に入るのが好きで、一日に一度は必ずここに入っていたようだが、浩平にとっては、これほど退屈な場所はなかった。

周囲の音が遮断された世界の中に、本だけが陳列されている。

物に対する執着がほとんどなく、「身の回りの物は少ないほうがいい」と公言していた雅彦は、確かに身の回りの物を極力少なくしながら生きているようではあったが、本だけは例外だった。

自分から手を伸ばして本の活字を追う以外、何もすることのない部屋。並んでいる本は子どもの浩平には難しそうな本ばかりだったし、何より、タブレット一つ持っていれば、世界中の電子書籍を読むことができる時代に、紙の本を読みあさり、本棚に並べて満足している雅彦を見ると、〝時代遅れの代表〟のように見えて、何となく目を背けたくなった。

結局、浩平が雅彦の書斎に入ったのは、両手の指で足りる回数ほどだっただろう。その少ない経験の記憶を辿《たど》ってみても、浩平が知っている「書斎の中にあるもの」は本しか考えられない。しかも、紙の本である。

「書斎の中にあるものなんて、本しか知らないんだけど」

「私も、本しか知らないわよ」

「母さん、机の引き出しに何が入っているか見たことは？」

久絵は、微笑《ほほえ》みながら首を横に振った。

「ないわ。でも、あなたが想像するような高価なものや、ドラマにありがちなすごい秘密が入ってたりはしないと思うわよ。そうね、いいとこ、撮りためた写真とかじゃないの？父さんは、本にしてても写真にしてもデータで持っているのは嫌いだったから」

「うーん」

浩平は腕組みをした。心から納得したわけではないが、久絵の推測が正しいと直感している。もちろん、久絵が何かを隠しているという可能性もあるのだが……。

「わからないのはこの、『しかるべき人』って誰かだよな」

浩平はチラッと久絵を見た。久絵は肩をすぼめた。

「誰でしょうねぇ」

「いやいや、母さんも鍵持ってるだろ?」

久絵はゆっくりと首を振った。

「持ってないわよ。書斎に鍵がかかることすら、今知ったもの」

「そんなことって……」

浩平は久絵を見つめたが、ウソをついているようには思えなかった。

久絵はお茶をすすった。

「探すの?」

「えっ?」

「『しかるべき人』が誰なのかを探すつもりなの?」

浩平もお茶をすすった。

「探すしかないだろ。その人しか鍵を持っていないんだから」

久絵は声を押し殺してクククっと笑った。

「何だよ」

「だって、その『しかるべき人』を探して、鍵をもらってどうするの？　お父さんの遺言にも、中には私たちの知っているものしか入っていないって書いてあるでしょ。だとしたら本しかないわよ。浩平、本読むの？」

「本なんていらないけどさ、ほかに何かあるような気がするから……」

浩平は、少しふてくされながら、そう答えた。

浩平は、高校卒業と同時に家を出た。雅彦とはものの考え方というか、人生観というか、そういうことでことごとく対立した。それが思春期特有の反抗だったということもわかっている。どの子どもにとっても、父親というのは一番の尊敬の対象であり、越えるのが難しい大きな壁でもある。

大きな壁は、守ってもらっているうちはこれ以上の安心感はなく、幼い頃の浩平は自分の父親をよく自慢した。ところが自分が大きくなるにつれて、一番身近な父親はライバルになる。そして、一人のライバルとして、乗り越えるべき対象として父親を意識し始めたとき、その存在の大きさは苦しみに変わる。浩平にとっての雅彦はまさにそういう存在だった。

だから、雅彦が「自分の人生を幸せにしてくれたのは『本』の存在だ」と言えば言うほど、浩平は本が嫌いになった。

「読んだほうがいいぞ」と言われるたびに、どんな困難に遭っても、本を読まずに乗り越える道を選んできた。

「本の常識に合わせて生きるなんてまっぴらだ。俺は俺の生き方を貫く！」。かなり若い頃に、浩平の人生の方針はこう決まったと言ってもいい。以来、その生き方を、自分でも滑《こっ》稽《けい》だと思うほど、頑《かたく》なに貫いてきた。

「お父さんもきっと、あなたを本嫌いにしたのは自分だって思ってたと思うから、無理強いはしたくないんじゃないかしら」

そう言われると、父親への反発から「本は読まない」といつまでも頑なな姿勢を崩さない自分が、とんでもない親不孝者だったような気がして、浩平はバツが悪くなった。

「まあ、とにかく……こんな書き方されたら、書斎に何かあるんじゃないかって気にはなるだろ。このままにはできないよ」

「まあ、そうねぇ」

久絵はまた、お茶をすすった。

「母さん、それより、こんなものがあるならもっと早く出してくれよ。昨日のうちに見せてくれれば、集まってる親戚みんなに確認できたのに」

葬儀に参列した親戚たちは、浩平たちを除き、家路についた後だった。

「私も、まさかこんなことが書いてあるとは思わなかったからねぇ。それに今の今まで、忘れていたのよ」

久絵は呑気《のんき》にそう言いながら、もう一度席を立った。

浩平は、葬儀に参列していた親戚の顔を、一人ひとり思い浮かべていった。雅彦の言う「しかるべき人」は、父と近しい存在ならば、さっきまでここにいた人と考えるのが一番自然だ。

「崇義《たかよし》叔父さんって、父さんと同じくらい本が好きじゃなかったっけ？」

浩平は部屋の向こうに消えた久絵に向かって、大声で話しかけた。返事はなかったが、久絵はタッチパネルを手に持って戻ってきた。

「確かこれで、昔の写真が見られるはずだけど」

そう言いながら、浩平に手渡した。

「崇義さんは、本は読まない人のはずよ。ほかの人じゃないの。葬式に来られなかった親戚もいるから、それで探してみたら？」

浩平はパネルに触れて家族や親戚が写っている写真を検索し、一枚一枚めくり始めた。

年代順に整理されたそれらの写真は、雅彦が大きな病院に勤めていた頃から始まっている。白衣の雅彦はとても若く、自分で言うのもおかしいが、自分とよく似ている。一緒に写っている他の人は誰も知らない。今でも接点のある人が、果たしているのだろうか。しばらくめくっていくと、ところどころに幼い頃の自分も出てくるようになった。自分のそばにいる雅彦が、嬉《うれ》しそうな顔をしているのが印象的で、意外でもあった。

記憶の中では、ほとんど接点などなかった父子だったが、本当は不器用な父なりに、自分のことを心から愛していてくれたのかもしれない。初めて感じる思いがわいてきて、胸が締め付けられるような気分になった。

何枚かめくり終わったとき、浩平が急に声を上げた。

「あっ！」

浩平は目を見開いて、画面を食い入るように見つめた。

「どうしたの？」

久絵は相変わらず、呑気な感じの合いの手を入れた。

「これ誰？」

浩平はパネルを久絵の方に向けた。そこには一人の少女が雅彦と一緒に写っている。見てきた順番を考えると、浩平が小学校に上がる直前くらいの写真だ。少女は二年生くらいだろうか。

久絵は、指でパネルに触れて、親指と人さし指で押し広げるように写真を拡大した。

「ああ、これは……洋子ちゃんね」

「洋子ちゃん？」

「そうよ。裕一伯父さんのところの娘さん。伯父さんが離婚して洋子ちゃんは奥さんと一緒に住むことになったから、もうずっと会ってないわね。このときが、うちに来た最後だったかな」

浩平は、パネルを久絵から奪い取るように自分の手元に引き寄せて、もう一度食い入るようにその写真を見つめた。

「どうしたの、恐い顔して」

「いや……何でもない」

目の前に写る「洋子」という少女は、間違いなく自分の夢に出てきた少女だった。

しかも、自分の父親と一緒に写っている。

彼女は言った。「私、ほかの惑星に行ったことがあるの。そして、そこに連れて行ってくれたのが『あなたのお父さん』」だと。

夢の話ではあるし、そんな話を久絵が信じるとも思えない。

でも「しかるべき人」の可能性が一番高いのは彼女だと浩平の直感は告げていた。そうでなかったとしても、「書斎の鍵」に辿り着くまでに「会う必要がある人」であるのは間違いないだろう。

結局浩平は、夢のことは口にせずに、別のことを聞いた。

「この人、今どこにいるかわかる?」

「さあね。それに裕一伯父さんも、亡くなって何年も経《た》つしねぇ」

「……」

別に、「隠された遺産」とかを期待していたわけではない。ただ、父が残した遺言にある「しかるべき人」を探し出すことは、今まで親孝行らしいことを一度もしたことがなかった自分ができる、いや、やらなければならない一つの儀式のような気がしていた。

このときの浩平は、まだそんな軽い気持ちでしかなかった。

聖域《サンクチュアリ》

「離れ」は、浩平の実家から二〇〇メートルほど離れたところにある。母の久絵から預かってきた玄関の鍵を使って中に入った。子どもの頃の記憶がよみがえってくる。廊下の先の扉は開け放たれていて、南向きの大きなガラス戸の向こうに丁寧に手入れされた庭が少し荒れ始めているように見える。

靴を脱いで上がり込むと、背もたれの高い一人用ソファが庭に向いて置いてある。こちら側からは見えないが、雅彦がそこに座っていそうな気がする。

浩平は居間を素通りし、書斎の扉に手をかけた。当然のことながら鍵がかかっている。ガチャガチャとドアノブを回してみるが、やはり開きそうもない。

仕方なくリビングダイニングを見回してから、物色を始めた。ちょっとした戸棚があれば、その引き出しを開けてみる。だが、中はよく整理整頓されていて、鍵はおろか、目新しいものはどこにも見当たらなかった。

一時間ほどウロウロと建物の中を見て回ってから、浩平は庭に向かうように置いてある一人掛けのレザーソファに深く腰掛けて、背もたれに寄りかかった。

体重ごと預けると背もたれが傾き、フットレストがちょうどいい角度に上がってくる。

浩平はため息をついて、庭を眺めた。身体全体に冬の日差しが当たり、外の寒さとはうって変わって、身体の芯から温まってくる。

「さて、どうするか……」

浩平は足を投げ出して、頭の後ろで両手を組んだ。

ふと目を右に移すと、ソファの横のサイドテーブルに数冊の本が積まれていた。

浩平は、父親が最後に読んでいた本のような気がして、一番上の本を手に取った。

表紙をめくったところで、浩平は思わず跳ね起きるように立ち上がった。

そこには、手書きでメッセージが書かれていた。

――叔父様のおかげです　ありがとう　洋子

その下にはメールアドレスも書かれている。

「オン……」

浩平は小声でつぶやいた。眼鏡式携帯電話スマートグラス、略して「スマグラ」の電源が入った。眼鏡のレンズはディスプレーになっている。音声認識で電源を入れると、眼鏡をかけている人には一メートルほど向こうに、様々なソフトが浮かんで見えるように表示される。

メールのアイコンに視線を合わせて瞬《まばた》きをすると、メールソフトが立ち上がった。

浩平は手元のアドレスを読み上げ、入力した。

斉藤洋子は大阪で自分の事務所を構えて、人材派遣会社を経営する経営者だった。浩平も社名を知っている業界では有名な会社である。

少子高齢化を迎えた日本が、内需拡大と労働力確保のために海外からの移住を積極的に受け入れ始めた時期に、日本で就職を希望する外国人に日本語と日本文化の教育と仕事の斡旋《あっせん》をすることで一気に成長した会社だ。その後、高齢者の再就職にも目をつけ、「第二就活」を全国的に展開し始めたのも、この会社だった。浩平の会社で働くブータン人のワンチュクも、洋子の会社の斡旋で入社した社員である。

その創業者が自分のいとこで、しかも自分とさほど変わらない年齢だなんて、浩平はショックであるのと同時に、誇らしくもあった。

メールで指定されたオフィスは、最近できたばかりの高層ビルの八〇階にある。一年前に、完成した様子がニュースで大きく取り上げられていたのを浩平も覚えている。ビルの入り口前に立って見上げたとき、眼鏡スクリーンの左上方に「着信」の印が映った。そこに視線を合わせて瞬きをすると、メールが開く。加藤からだった。

「前田課長。やりました。新規の契約を取りました。相手はなんと！　あの東都大学病院です。これまで使っていた機器を他社のものから、我が社のものに変えて揃えようと検討してくださるそうです。帰られたときに詳しいことはお話ししますが、先方には課長が責任者だと伝えてあります。これからプレゼンしてきます！」

今にも踊り出さんとする加藤の姿が目に浮かんだ。

加藤には、自分にはない魅力があることを浩平もわかっていた。だが、自分がいなくなるやいなや、こうも簡単に何十年に一度あるかないかの契約を取ってこられると、自信をズタズタにされ、後輩が取ってきた仕事の成果を素直に喜べない自分がいた。

「オフ」

浩平はぶっきらぼうに言って、スマグラの電源を切った。

気持ちを切り替えるように、一つ大きく息を吐いてからビルの中へと入っていった。

高速エレベーターで八〇階に着き扉が開くと、目の前には大理石でできたカウンターがあって、受付の「京《みやこ》さん」が出迎えてくれた。人間との自然な会話を可能にした、新しい人工知能と、人間の肌質に限界まで近づけた人工皮膚を併せ持つ最先端の受付ロボットは、浩平の会社ですら導入するのをためらうほど高価なものだ。浩平の会社では、旧型の「雅《みやび》さん」を使っている。

このロボットは、もともとは話し相手のいない高齢者との会話用にと開発が続けられていたもので、医療機器を扱う浩平の会社もその開発に関わっていた。会話ロボットの開発は、浩平が入社前からやってみたいと思っていた仕事の一つであった。しかし、その夢が叶わず、誰かが作ったロボットと対峙《たいじ》しているだけの今の自分の状況にため息が出た。

京さんは浩平の姿を認めると、機械音を一切立てずにすっと立ち上がり、丁寧にお辞儀をした。

「十三時に斉藤社長とお約束をいただいている前田浩平といいますが」

普通の人に話しかけるよりも、わざと速いスピードで話してみた。

「お待ちしておりました、前田さま。斉藤から聞いております。別の者がご案内いたしますので、お待ちください」

京さんは、浩平の言葉をしっかり認識すると素早く返事をして、丁寧にお辞儀をした。

直後に、少し離れたところにある扉で機械的な解錠音が聞こえ、自動扉が開いた。中から最近流行の新素材でできたスーツを着た一人の女性社員が出てきた。冬でもこれ一枚でまったく寒さを感じることがないらしい。

「こちらへどうぞ」

浩平は案内されるままに廊下を歩き、「応接室」と書かれた部屋に通された。

「斉藤はすぐに参りますので、こちらでお待ちください」

「ああ、ありがとうございます」

浩平は、予想をはるかに超える立派なオフィスに圧倒されながら、かろうじて返事をした。仕事ではないが、スーツを着てきてよかったと思った。

けっこう大きめの会議でもできそうなくらい広い応接室に通された浩平は、促されるままにローテーブルを挟むように置いてあるソファの一つに座り、珍しそうに部屋の中を見回した。

すぐに、入り口とは反対側の扉がノックされた。奥には別の部屋があるようだ。

浩平は、「はい」と返事をしながら営業の癖でとっさに立ち上がって、サッサッとスーツの上着のシワを伸ばした。

扉が開いて出てきた女性の顔に、見覚えはない。

ただ、浩平が夢の中で見た少女は、昨日、実家で見た写真の少女であることは確かだし、目の前の女性はその面影を十分に残した顔をしている。浩平よりも年上のはずだが、ずいぶんと若く見える。まあ、スキンケア商品の進歩は驚くほどで、一昔前なら三十歳程度の肌の状態を保っている五十代の女性も少なくないわけだから、驚くべきことではないのだろうが。

洋子は満面の笑みを浮かべた。

「浩ちゃん？　よく来てくれたね」

それほど年齢は変わらないはずなのに、久しぶりに会う親戚のおばさんのような親しさで、洋子は浩平に近寄ってきた。

「あの、何て言いますか。初めましてじゃないんでしょうけど、僕が、洋子さんのことをよく覚えていなくて……」

洋子から差し出された手に応えるように軽く握り返しながら、浩平はおよそ営業の仕事をしている者らしくないあいさつをした。

「無理もないわ。最後に会ったとき、私は十歳だったけど、浩ちゃんはまだ幼稚園だったもの。当たり前だけど、大きくなったね」

浩平は自分よりも背が低い洋子を見下ろしながら、思わず小さく吹き出した。

「座って」

洋子が促すと、浩平は腰を下ろした。

テーブルを挟んだ向かい側に、洋子も座った。

「それにしても、よく連絡先がわかったね」

「ああ、メールにも書きましたけど……」

「浩ちゃん。いとこなんだから敬語はやめなよ」

「ご、ごめん。つい、仕事の癖で……。これのおかげでわかったんだ」

浩平は、雅彦の「離れ」から持ってきた一冊の本をテーブルの上に置いた。

洋子はそれを手に取った。

「この本を見つけたからだってのは何となくわかってたけど、私が言ってるのは、よくこの本を見つけたねってことよ。だって、浩ちゃん、まったく本を読まないって、叔父さまから聞いてたから」

浩平は苦笑いをして、頭をかいた。

「そんなことまで……」

洋子がずいぶんと細かい情報まで知っていることに、浩平は驚いた。ちょっとした恥ずかしさを覚えて話題を変えた。

「それにしても、洋子ちゃん、すごいね。こんな大きな会社をつくってるなんて」

「ありがと」

洋子は謙遜《けんそん》することなく、素直に礼を言った。

「それより、叔父さまが亡くなったのを浩ちゃんのメールで初めて知ったわ。ゴメンね、お葬式にも行かないで」

浩平は激しく首を横に振った。

「伝わってないんだから仕方ないよ。それより、洋子ちゃんが親父とつながっていたということのほうが、俺にとっては驚きで……」

「これのおかげよ」

洋子は、先ほど浩平から受け取った本を自分の顔の高さに持ち上げて言った。

「本？」

「そう。しかもこの本」

浩平は本の表紙を見つめた。

『書斎のすすめ』という本だった。著者に聞き覚えはなかった。

「私たちが子どもの頃は、夏休みに浩ちゃんの家に親戚中が集まったのを覚えてる？」

「ああ、なんとなくね。あまりに楽しくて、はしゃぎすぎて、最後はものすごく頭が痛くなってた記憶があるなぁ」

「うちのパパのほうが年上だけど、実家の病院を継いだのが、雅彦叔父さんだったから、そこにみんなで集まったのよね」

浩平が中学に上がる頃までは、親戚の集まりは続いていた。その記憶の中に、洋子の姿はないのだが。そういえばいつからか集まらなくなった。

「集まるとね、子どもたちはみんなで遊ぶの。でも、親戚の子どもたちってみんな……」

「男だ」

「そう、男の子ばっかり。私一人だけいつも仲間に入れてもらえないの。だから、子どもたちの輪から外れて、大人たちの中に入っていくとね、必ず浩ちゃんのパパが声をかけてくれるの。『いいとこに連れてってあげようか』って」

浩平は突然声を上げた。

「別の惑星！」

洋子は驚いて話をやめた。

「洋子ちゃん、聞いていい？　実は俺の夢の中に子どもの頃の洋子ちゃんが出てきて、俺はそれが誰かは覚えていなかったんだけど、写真を見てそれが洋子ちゃんだとわかったのが昨日のことなんだ。で、そこで、洋子ちゃんは変なことを言うんだ」

「変なこと？」

洋子はいぶかしがった。

「ああ。地球じゃない惑星に行ったことがあるって。それも一人で。そして、そこに連れて行ってくれるのが俺の親父だって……」

洋子は目を丸くして聞いていたが、ちょっと間を置いて、堰《せき》を切ったように大声で笑い始めた。浩平はしばらくその様子を見ていたが、洋子の笑いが収まらないので、バカにされたように感じてつぶやいた。

「そんなに笑うことないだろ。夢の話だよ。そういう夢をよく見るんだって話」

「ハァ、ハァ、……笑ってゴメン」

洋子は指の腹で両目尻の涙をぬぐった。

「でも、それ、私、言ったかもしれない」

今度は浩平が驚いて顔を上げた。

「え？」

「そんなふうに思ってた時期もあったから」

「どういうこと？」

浩平は身を乗り出した。

「あのね、もし、浩平くんが今生きているこの世界ではなく、この世界の人が誰も行ったことがない別の世界に一人で行って、そこでいろんな人と出会って、いろんなものを見て、感じて、今の世界に帰ってくるとするよね。そのときどんな気分になると思う？」

洋子の話はあまりにも現実離れしすぎていて、浩平は「もし、そうなったら」ということを具体的に想像するのが難しかった。

「どんな、気分になるかなぁ……。まあ、きっと誰かに伝えたいよね。俺、別の世界を見てきたんだって」

「そうでしょ。まさにそれを私もしたかったの」

「じゃあ、やっぱりそういう世界に行ったことがあるの？」

洋子はまた笑った。

「本を読んだのよ」

浩平はキョトンとして、洋子を見つめたが、やがて洋子の言わんとしていることを理解し、肩をすぼめて苦笑した。

「想像の世界ってことだね」

「そうよ。でも、ガッカリすることないじゃない。結局、同じことだと思うのよ」

「同じこと……？」

「そう。一つの物語を読むとね、頭の中に登場人物とか、その場面というか情景が浮かんでくるでしょ。そうやって自分の想像の中で世界をつくり上げて、その世界の中で物語が進んでいくの。でも、自分がつくり上げたその世界や登場人物は、実際に私たちが生きている世界には存在しないわ。そして、ほかの誰もその世界に遊びに行くことはできない。だって、同じ本をほかの人が読んだら、頭の中に浮かべている登場人物の顔や特徴、それに景色だって、まったく別のものになるでしょ」

「確かに、そうではあるけど」

浩平は前のめりになっていた身体を持ち上げて、ソファの背にもたれかかった。

「私にとっては、一つの物語を読むことは自分一人しか知らない世界を旅したことと同じことだったの。今でもそうね。だから、一生懸命誰かに伝えたかったのよ。私が見てきた世界の話を。だから、浩ちゃんにそんなことを言ったのかもしれないね。まあ、実際に言ったかどうか、覚えてないけどね」

浩平はうなずいて、笑顔を洋子に向けた。

「でも、ちょっと意外だったな」

「何が？」

「こんなにビジネスで成功しているから、小説なんて読まないのかと思ってた」

「浩ちゃん、本気でそんなこと言ってるの？」

今度は洋子が苦笑いをした。

「読むよ。小説にはいろんな人が出てくるでしょ。嬉しいこと、悲しいこと、ピンチの連続に、勇気や感動。ぐうたらな人もいれば、必死で生きてる人もいる。そして、たとえ小説であっても、私が主人公の生き方に共感できるとき、それはただの作り話ではなくなるの。生き方の指針にすらなるわ。私もそうありたいって思えれば、人生を支えてくれる力になる。そのおかげで今の私があるのよ」

「本のおかげ……ってわけか」

「もちろん、それだけじゃないけどね。で、私にそんな本の素晴らしさを教えてくれたのがあなたのお父さんで、今の生き方に導いてくれたのが、あなたのお父さんがくれたこの本」

洋子はそう言って、もう一度、テーブルの上の本を手に取った。

「ふうん……」

浩平は、感心したように洋子の持つその本を見つめた。

洋子は浩平の顔を見つめていたが、急に表情を和らげ、「いいもの見せてあげるよ」と言って立ち上がった。

「こっちへ来て」

促されるままに立ち上がると、先ほど、洋子が入ってきた入り口へと案内された。

扉の向こうは、社長室だった。

広い部屋に、幅広の社長机が置かれている。壁には数々の写真やライセンスや賞状といったものが掛けられていた。シンプルだけど趣味がいい。高級感があり、あらためて自分のいとこの成功に驚きを感じ、少し自分がみじめになった。

洋子は、社長机の向こう側にあるもう一枚の、そこだけ古い建物で使っていたような扉のところまで歩み寄ると、入り口付近で部屋を見回しながら奥に行くことをためらっている浩平に手招きした。

浩平は社長机の内側に回り込むことをためらいながらも、足を進めていった。

「この扉の向こうが……」

そう言って、洋子は装飾のついたレバー式のドアノブに手をかけた。

「私の聖域《サンクチュアリ》よ」

浩平は、部屋の入り口で足を止めた。ゆっくりと中を見回している浩平の様子を、洋子が嬉しそうにうかがっている。

「どう？」

「どう……って言われても」

浩平は答えに困って、見たままの言葉を口にした。

「ライブラリー……だよね」

「そう、ライブラリー。今の時代に紙でできた本でこんな空間を作ってるなんて珍しいでしょ。でも、ここが私を今の私にしたの。そして、私が今までの人生で手に入れた〝すべてのものの源〟がここにあるわ」

洋子は嬉しそうに、壁一面に並んでいる本をゆっくりと眺めた。そして、部屋を一周するように視線を向けてから、もう一度浩平の表情を見つめた。取り立てて感動した様子でもない浩平の顔を見た洋子は一つため息をついた。

「あまり、何も感じないようね」

洋子は、ちょっとがっかりしたように言った。

「いや、そんなことないよ。実際こんな書斎を見たのは、俺の親父の書斎以外では初めてだよ。紙の本をここまで集めてる人が、今の時代にいるっていうのが、まず驚きだね」

洋子は両手を腰に当てた。

「あのね。私は骨董品《こっとうひん》コレクターじゃないの。まあ、浩ちゃんは本を読まない人だから仕方ないか。実際、本を読まない人がここに来ても、感想はみんな同じ。こんな静かで、ほかに何もすることがない、つまらない場所はないって顔するわ」

「俺、そんな顔してる？」

浩平は慌てて笑顔をつくって、わざと感心するようにうなずきながら三六〇度本で埋め尽くされた書棚を見回した。

「してる。でもね、私にとってこの場所は、宇宙以上の広がりを持つ異次元への入り口なの」

「宇宙とか、異次元とか、ちょっと大袈裟《おおげさ》じゃない？」

「まったく大袈裟じゃないわ。さっき、一冊の物語を読むことは、自分一人だけが知っている別の世界を体験することだって言ったでしょ。ここにある一冊の本の向こうには、それな世界が広がっているの。

浩ちゃんはきっとここにある本を一冊も読んだことがないでしょ。そんな人にとってここは、暗い倉庫でしかないわ。でも、一冊でも、知っている本があれば、そこは別の世界への入り口になっている。

私はこの部屋にあるすべての本を読んだことがあるのよ。つまり、ここにあるすべての本の向こう側に、それぞれ別々の世界が広がっているの。あなたにとっては、単なる保管庫でも、私にとっては別の世界に瞬時に飛んでいける、無限の空間への入り口なの」

「書庫が……サンクチュアリ……」

浩平は独り言のようにつぶやいた。

洋子は、浩平の正面に立った。

「本当は、あなたがこうなるはずだった」

洋子の刺すような言葉に、浩平は胸が締め付けられるような息苦しさを感じた。

「俺？」

「そう。雅彦叔父さんは、あなたにこうなってほしかったのよ。時代に逆行しているかもしれないけど、書斎を作り、そこに自分が読んだ紙の本を埋めていく。いつしかそこは、あなたにとっての聖域になり、あなたの人生のすべてを生み出す源になる。あなたらしい素晴らしい人生はそこから始まる。そのことを、叔父さんはあなたに教えたかった。

でも、あなたはそれを受け取ろうとしなかった。寂しそうな叔父さんを見て、叔父さんがあなたにやってほしかったことを、私がやったの。そしたら、今の私になったの。今の私の姿は、あなたのお父さんが、あなたが子どもの頃からあなたになってほしいと夢見ていた姿でしかないのよ」

浩平は、洋子のまじめな表情と強い語調に気圧された。浩平の顔には、中途半端な薄ら笑いしか浮かばなかった。

「でも、あなたは頑なに『本は嫌いだから』と言い続けて、叔父さんの愛を受け入れようとはしなかったんでしょ。叔父さんも無理やりに、本を読ませようとはしなかった。そんな叔父さんの愛情と無念さを思うと……」

いつの間にか、洋子の目に涙が浮かんでいた。

浩平は、バツが悪くなって目をそらした。

洋子は鼻をすすって、無理やり笑顔をつくった。

「そんな、雅彦叔父さんの気持ちを少しでも受け取るつもりがあるなら、叔父さんの書斎に残された本を一冊ずつでいいから、読んでいってみれば。もう、頑なになる必要もないでしょ」

浩平は、感づいてはいたが気づかないふりをしていた父親の愛情とメッセージを、思わぬところで受け取る形になった。

洋子に言われずとも、気づいていた。雅彦が父親として息子の浩平に伝えたかったことは、それしかない。でも、浩平はそのメッセージを受け取ることから逃げるように生きてきた。

「活字が嫌い」なんていう言い訳は、後付けなのだ。子どもっぽい反抗心に、四十歳を超えた今でも固執している。その幼稚さが、浩平を読書から遠ざけているに過ぎない。

浩平は、力なく笑顔をつくった。

「洋子ちゃんの言うとおりだな。自分でも、そこまで頑なになる必要があるのかって、親父が亡くなってちょっと思ってたんだ。まあ、まさに、親孝行したいときには親はなしって感じでさ。とんだ親不孝もんだよ」

洋子は笑顔で慰めた。

「今からでも遅くないよ。叔父さんの書斎に行ってごらんよ。きっと興味がわく本が見つかるから。そこから……」

洋子の言葉の途中で、浩平は急に思い出したように目を見開いて、洋子に顔を向けた。

「『しかるべき人』じゃないってことだ」

「え？」

「いや……実は、親父の書斎には入れないんだ」

「――どういうこと？」

「鍵を『しかるべき人』に預けたらしくて。それが誰だかわからないんだよ」

「鍵を？……『しかるべき人』？　でも、書斎に入れなかったのに、どうしてこの本が手に入ったの？」

「書斎の外のリビングに、五、六冊の本が積んであってね。その一番上に置いてあったから手に取ってみたら、たまたま洋子ちゃんの名前が……」

洋子は指を顎に当ててちょっと考えていたが、しばらくしてニヤニヤと笑い出した。

「叔父さん、やっぱりあきらめてなかったのね」

「何？　どういうこと？」

「あなたに伝えたかったことを伝える『最後の仕掛け』ってことよ」

そのあたりのことは、浩平にも予想はついていた。父の雅彦は自らの死後、「自分が大切にして生きてきたものが何か」を伝えたいと思ったのだろう。

「じゃあ、洋子ちゃんが鍵を持っているわけでは……」

洋子は首を横に振った。

「残念だけど、私じゃないわ」

「誰か心当たりは？」

「それを聞くってことは、あの書斎の中身に興味があるってこと？」

「まあ、本にというよりは、あの部屋の中にほかに何があるのかを知りたくて」

洋子は肩をすぼめた。

「素直じゃないなぁ。とにかく、私は鍵なんて預かってないし、心当たりもない」

「そうか……」

浩平は、あからさまに肩を落とした。

「浩ちゃんさぁ、書斎に入れないのは残念だけど、まずはこれ読んでみたら？」

洋子は浩平が持ってきた本を、浩平に差し出した。

浩平は両手でそれを受け取った。

「さっきも言ったけど、この本がきっかけで私はこの書斎を作ったたし、今のような人生になったのよ。これは、本当は叔父さんが浩ちゃんにあげたかった本だと思うよ。それに、書斎の外に置いてあったほかの本も読んでみるべきだと思うわ。きっとその中に、『鍵を誰が持っているのか』のヒントが隠れてると思うから」

「ヒント？」

浩平は、受け取った本をまじまじと見つめた。

「そうに決まってるよ。現にほら、一冊目には私と出会うためのヒントがあったでしょ。ほかの本にも何か意味があるはずよ」

しばらく沈黙が続いた。浩平は十分にその本を見つめたあとで、重い口を開いた。

「まあ、読んでも何も変わらないと思うけど……、読んでみるか」

「何……」

洋子は驚いたように口を開けたままになった。

「本を読んだからって、俺の人生がよくなるわけじゃないだろ。俺が読書家になったところで、洋子ちゃんのようにはなれないよ。もともとの才能や性格が違うんだよ」

洋子は腕組みをして、面倒だからという理由で、やる前からあきらめようとする子どもを叱る母親のような表情をした。

「私の会社なら、今の一言であなたは間違いなくクビね」

浩平は苦笑いをした。

「この会社の社員じゃなくてよかったよ」

浩平の精いっぱいのジョークは、洋子には笑ってもらえなかった。洋子の表情から気持ちを察して、浩平は慌てて態度を変えた。

「いや……だから、読むよ。ちゃんと読む」

洋子は深いため息をついた。
「人生は、才能でなんかでは決まらないのよ」
浩平は、洋子の言葉に急にまじめな顔になった。言葉を発することができず、手にした本を見つめた。洋子の言葉は、まさに、雅彦が口癖のように浩平に伝えていた言葉そのままだ。

〈浩平、心配するな。人生で手に入るものは才能で決まっているわけじゃない〉

雅彦の言葉が、浩平の頭の中で繰り返される。
「浩ちゃん。相当重傷だね。まあ、読んでも何も変わらないかどうか、読んでみてから聞きたいわ。でもね、浩ちゃん。これは単なる一冊の本なんかじゃないわ。ここに書かれていることは、雅彦叔父さんから、あなたへのメッセージよ。そのことを忘れないで」

浩平はビルを出ると、振り返って、もう一度そのビルを見上げた。

はるか上の方に薄い雲がかかっている。八〇階は、きっとその雲の中だろう。あらためて、浩平は洋子のことを雲の上の存在のように感じた。

「今からでも、遅くはない……か」

浩平はスマグラの電源を立ち上げて、実家に電話した。

「母さん。……うん。……洋子ちゃんには会ったよ。……うん。……いや、それが、洋子ちゃんも鍵については知らないらしい。まあ、これでまったく誰だかわからなくなったよ。……ああ。……わかってる。

それより、一つ頼みがあるんだけど、離れのリビングのソファの横に本が五冊ほど積んであるんだけど、それを全部こっちに送ってくれないかな。……いや、読みたいわけじゃなくて、そこに手がかりがあるんじゃないかって洋子ちゃんが言うからさ。……ああ。……それでいい。……わかった。じゃあ、頼むよ」

右手の秘密

「すみません。隣……いいですか？」

声をかけられて、浩平は目を覚ました。

大阪でリニア新幹線に乗り込んで、座って本を開くなり、眠ってしまったらしい。

目の前には老人が立っていた。見た感じでは八十歳を超えているようにも見える。スーツを着ているということは、出張の帰りだろうか。

「ああ、どうぞ」

そう言いながら、浩平は座席に深く座り直し、膝の前にその老人が通れるだけの隙間をつくった。

列車ではほとんどの人が窓側を好むが、浩平は通路側の席が好きだった。

混雑した車内で、トイレなどで席を立つとき、「すみません」と声をかける側よりも「すみません」と声をかけられる側であるほうが気分的に楽だというのが、一番の理由だ。

とりわけ、東京〜大阪間のほとんどをリニア新幹線がトンネル走行するようになってからは、もっぱら通路側である。窓側に座っても、景色などほとんど見えないのだから。

「すいませんね」と言いながら浩平の前を移動する老人の動きに合わせて、窓の外に目をやった。どうやら名古屋に着いたらしい。雅彦の葬式もあり、ここ数日はバタバタと忙しく、ゆっくり眠る暇などなかったから、眠くなるのも当然だった。

浩平がもう一度目を閉じて眠ろうとしたときだった。

「それ……」

隣に座ったばかりの老人が、浩平の膝元に視線を落としながら言った。

「ずいぶんと懐かしい本ですね」

「えっ……ええ。まあ」

浩平は愛想笑いを浮かべて、あいまいに返事をした。

「お節介ですみませんね。偶然隣に座った方が、私の人生を変えてくれた本を持っているもんで、黙っていられなくってですね。そうなんですよ、私は、その本に人生を救ってもらったんですよ」

老人は目を細めて、昔を懐かしむように言った。

「人生を、ですか」

「そうです。その本が出版された当時、私は出版社で編集の仕事をしていました。確か今から四十年ほど前でしたか。当時はまだ紙の本のほうが、デジタルブックよりも主流でした」

「そうなんですか」

浩平は、話を合わせるように返事をした。老人は笑顔でうなずいて話を続けた。

「でも、紙の本の売り上げは落ちる一方で、新しい読書端末が出るたびに、本は紙ではなくデータで持ち歩く人が増えていきました。おまけに、パソコンさえ持っていれば誰でも出版社を通さないで、作品を発表して売ることができる世の中が始まろうとしていた頃でしたから、私たちの会社も存続の危機に見舞われたんです。

そんなときに、その本が出版されました。すぐに話題になったわけではなかったんですが、私が勤めていた小さな出版社や、紙の本を売っていた書店などがその本を紹介して、徐々に話題になり、テレビなどのメディアでも取り上げられるようになって、一気に紙の本の売り上げが増えたんです。社会現象にまでなりましたよ。時代に逆行してはいるけど、紙の本がどんどん売れるようになったんです」

「そんなに、この本が売れたんですか？」

老人は自嘲気味《じちょうぎみ》に首を振った。

「その本そのものは、そこそこでした。数十万部だったかな？　それでもあの時代のベストセラーではありましたがね。でも、その本を読んだ人たちが、ほかの本もデジタルブックではなく紙の本で手に入れようとしたんですね。社会全体では何千万部も売り上げが増えたんですよ」

「ちょっとにわかには信じられない数字ですね」

老人は微笑むと、「ちょっといいですか」と言って浩平に手を差し出した。

浩平は手元の本を、隣の老人に手渡した。

パラパラとページをめくる老人の表情は、大切にしている花を愛《め》でるような仕草でもあった。

「あった。ここだ」

老人は途中のページを開いたまま、浩平に渡した。

「これをみんなやってみようと思ったんですよ」

開かれたページの老人が指さしたところに、「自分が読んだ一〇〇〇冊の本に囲まれて生きてみよう」とある。

「この本は、普段から読書の習慣がある人ではなく、本なんて読んだことがないという若い人たちを中心にはやったんです。そして、この本に影響を受けて、みんな一〇〇〇冊の本に囲まれる生き方を目指し始めた」

「……よりによって、一〇〇〇冊も……ですか……」

浩平は少し驚いた。

「一週間に一冊読んだとしても、二十年近くかかりますからね。あまり本を読まない人にとっては、途方もなく遠い数字に聞こえるかもしれませんね。でも多くの人が『やってみたい』と思って挑戦しました」

「本なんて読んだことがない人が、そんなことに挑戦しようと思うとは……」

「読んだことがない人だからこそ、よかったんでしょうね。それだけの力がこの本にはあったということでしょう」

浩平は深いため息をついて、その本を見つめた。

確かにこの本と出会って、一〇〇〇冊以上の本に囲まれた生き方をしている人を浩平も二人知っている。父の雅彦と、先ほどまで会っていた洋子だ。

とりわけ洋子は「この本との出会いで人生は変わった」と言っていた。そして実際に、あの書庫を作ったのだ。

この老人の言葉がウソではないという証しを、先ほど見てきたことになる。

「今の人たちは、きっと知らないことでしょう。でもあの当時、若者から年寄りまで、誰も彼もが本を読むようになったのは、本当に奇跡的な現象だったんですよ。

本離れが叫ばれて、出版不況と言われて、大学生の六〇％がまったく本を読まないなんて言われていた時代だったのが、急に本が売れ始めて、それもデータではなく紙の本で誰もが読むようになって、我々の業界では〝奇跡〟と言っていました。まさに起こったのは『ブックルネサンス《読書再生》』でした」

「ブックルネサンス……」

「そうです。あの頃の日本で、ブックルネサンスが起こっていなければ、今の日本とは全然違った国になっていたかもしれませんね。いや、きっとなっていたでしょう」

「全然違った国……ですか」

「例えば、信じられないかもしれませんが、四十年前の日本では、インターネット上の個人が書いた日記や記事に対して、匿名で誹謗中傷《ひぼうちゅうしょう》したり、ひどいことを書いたりするのが当たり前のようにあったんですよ」

「そんな、卑怯《ひきょう》なこと……」

「って、今の人はなりますよね。でも、残念ながらそれが当たり前でした。面と向かっては直接言えないようなことでも、匿名でなら書ける、なんて精神性の人がたくさんいたんです。

でもあの時期、ブックルネサンスが起こって、日本人の精神性が変わっていきましてね」

「どうしてですか?」

「ルネサンスというのは『再生』という意味です。スマホやオンラインゲーム、テレビなど、視覚的に強い刺激の娯楽が定着した世の中で、自分の想像力を使わなければ楽しむことができない読書は廃れる一方でした。

でも、この本の出版をきっかけに、紙の本を読むのがオシャレになりました。電車で本を読むのが、カッコいい男の代名詞のようになったんです」

「そうなんですか?」

「そりゃあもう、女の子はみんな、電車で本を読んでるような男の子をカッコいいと言うようになりましてね。そうなると、本好きでなければモテないとばかりに、若い男の子たちがこぞって電車やカフェや公園で本を読むようになりましたね。当時の人たちは時代の逆戻りを感じました。そこで、逆戻りの先として目指した場所が江戸時代でした」

「江戸時代……ですか」

「そうです。江戸時代は武士階級が日常的に本を読んでいましたからね。やがてその文化は町人たちにも広がっていった。幕末や明治期に日本に初めて来た外国人は、日本人の識字率の高さに驚いたっていいます。そして、その頃の日本人は精神的にタフだったといわれています。

この本が出た頃の日本では、人前では当たり障りなく笑っていても、陰では匿名で人の悪口を言ったりするほど、精神的に弱くなり果てていた人も多かったんです。時はちょうど二度目の東京オリンピック前だったこともありましたし、『もう一度日本らしさとは何かを考えよう』という風潮とぴったり合ったんですね。

あの当時、日本で起こったブックルネサンスは、それまでの日本人の考え方の中に『昔の素晴らしかった考え方を取り入れよう』という運動にまでなりました。

単純に『昔はダメだった』とすべて切り捨てるわけでも、『昔はよかった』とすべて昔に戻そうとするわけでもなく、当時の素晴らしい考え方はちゃんと残したうえで、もう一度、日本人がどこかで捨ててきてしまった、昔からある素晴らしいものを取り戻そうという考え方がわき起こってきたんですね。で、それはどうやったらできるかという方法が、昔の人もやったように……」

「本を読む、ということですか」

「そうです」

老人は満足そうにうなずいた。

「あの運動がなければ、今頃この国はどうなっていたんでしょうね」

老人は遠い目をした。

「そうだったんですか……」

浩平には今ひとつピンとこない話ではあった。

一人ひとり意見が違うなんて、当たり前のことだ。見た目も違う。自分のように障害を持った人間も普通に働ける。浩平の会社だけでなく、ほとんどすべての職場で、年齢も性別も、国籍もバラバラな人たちが一緒に働いている。

昔はそうではなかった、というのは聞いたことはある。しかし、育った場所や時代が違えば、それぞれの常識が違うなんていうことは当たり前だ。むしろ、ある人の〝当たり前〟は他人《ひと》とは違うのだから、「すべての人が非常識である」、とすら言える。当然のことながら、他人の考え方を否定することなんてできるはずもない。自分の意見と他人の意見が違っているからといって、どちらかが絶対的に正しいなんてことはあり得ないのは、常識ではないか。

今のように「お互いの違いを難なく受け入れる社会」に住んでいると、四十年前の日本が、自分と考え方が違うというだけで認め合うことができないだけでなく、自分の名前も明かさず、相手を糾弾したり好き勝手に非難し続ける社会だったことは、想像すらできない。

「こうやって、今でも紙の本を読んでいる人がいること自体が、私にとっては嬉しいことです」

老人は、満面の笑みで浩平を見つめた。

「そうだ。あなた、本が好きなら、私の手元にある本をお譲りしますよ。お時間のあるとき、いつでも訪ねて来てくださいな」

そう言って、老人は一枚の紙を差し出した。

よく見ると、それは紙でできた名刺だった。今や名刺はカード型のディスプレーで、お互いの電子名刺を触れ合わせるだけで情報が行き来し、厚さ一ミリの一枚のカードに十万人のデータが入るようになっている。浩平は紙の名刺を出す人を初めて見た。

浩平は、恐る恐るそれを両手で受け取った。

「大原一則《おおはらかずのり》さん」

「昔の名刺で申し訳ないが。今は別の仕事をしていますから、この会社にはいませんが、メールアドレスはこのまま使っていますので」

その名刺には現代書房という社名が印字されている。

老人は、恭しくゆっくりと一度お辞儀をした。

「お名前だけでも聞かせておいてもらえますか」

「あ……申し遅れました。前田といいます。前田浩平です」

浩平は付箋と筆記用具を鞄から取り出し、携帯の番号を書き入れ始めた。

「前田さんは、もともと左利きだったんですか？　それとも……」

大原の視線は、押さえる程度にしか役に立っていない浩平の右手に注がれていた。

「ご覧のとおり、事故で右手の指が不自由になってから、左で書けるように練習したんです。おかげでほら」

浩平は、携帯番号を書き終えた即席の名刺を大原に差し出した。

「いいおっさんになっても、小学生みたいな字しか書けません」

大原は笑顔でそれを受け取った。

「なかなかどうして、味がありますよ。それにしても事故ですか……」

「もう二十年も前の話ですけどね」

ふと気づくと、東京まであと二十分弱しかない。トンネルの中を疾走するリニア新幹線の中で浩平は久しぶりに、事故の話をすることになった。

浩平は社章を左胸につけて、鏡を見つめた。思った以上にスーツ姿が似合うと思った。「よし！」と気合を入れると、何も入っていない書類鞄を手に玄関に向かった。

二泊三日の基礎研修が終わり、今日は、配属が決まって初の出社日だ。持っていくべき書類など何もないのだが、手ぶらで行くのもおかしいし、帰りにはきっと何かを持って帰ることになるだろう。

玄関で、就職祝いに母の久絵から買ってもらった革靴を履いた。

靴べラを使わなければならない靴なんて、履いたことがなかったので、何だか自分が几《き》帳面《ちょうめん》な人間になった気がして、少し嬉しくなった。

会社が用意してくれたワンルームマンションの玄関を開けると、晴れ渡った空に、春の日差しが暖かい。これから始まる自分の人生の門出を祝ってくれているような気がして、思わず笑みがこぼれた。

階段を駆け下り一階に出ると、エントランス横の桜が満開だった。

マンションの入り口を振り返り、誰に言うでもなく、「行ってきます」と小声でつぶやいてから、浩平は駅に向かった。

駅までの道は、これから毎日歩く道になる。

どこにどんな店があるかを気にしながら歩くと、「今度、ここのラーメン屋に行ってみよう」とか、この街の生活に対する期待が膨らんでいく。
歩いている人は、駅に近づくにつれて増えていった。

どの人も何年も通い慣れた道を歩くベテランのように、脇目もふらず、無表情に駅に向かっている。少しでも早く辿り着こうと歩いているようだ。キョロキョロしながら歩いているのは自分だけかと思いかけたとき、同類の人たちも結構いることに気づく。

ランドセルを背負った小学一年生や、成長することを見越して買った、大きめの制服に身を包んだ中学一年生。頭のてっぺんから足先まで、新しいものに身を包んで歩いている姿がちらほら目に入る。

(俺も、あんなふうに見えてるんだろうな)

買ったばかりのスーツにピカピカの靴を身につけている浩平は、苦笑いをした。

つい最近まで幼稚園に通っていた小学一年生たちは、通学路も楽しくてしょうがないらしく、他の車や歩行者の迷惑も顧みず、道いっぱいになって追いかけっこをしながら、金切り声を上げてはしゃいでいる。

通りを走る車も、スピードを落として、子どもたちを大きくよけたりして気を使っている。

(自分もきっと、周りが見えないこの子たちのようなんだろう。会社ではわからないこと

だらけで、周りの人たちに助けてもらうんだろう）

無邪気に笑う子どもたちを見ながら、何も知らない世界に飛び込んでいく自分の姿が重なっていた。

浩平の視線の先に幼稚園の制服を着た男の子と、小学一年生らしい男の子を連れた母親がいた。

弟のほうがふざけて母親から逃げようとしているのを、「あぶないよ」と言いながら、母親は手をつかんでは引き寄せ、子どもはその手をふりほどいては逃げ出そうとすることを繰り返していた。

兄の小学一年生らしい男の子は、信号のない横断歩道の前で手を上げて待っている。このまま教科書に載せたいほど、指先まで美しくピンと伸びた姿勢だった。

走っていた車が、だいぶ前から減速するのがわかる。

運転手も、この微笑ましい姿を見たら止まってあげたくなるだろう。

浩平がちょうどその横断歩道にさしかかったとき、背後から来た白のセダンが止まった。対向車の様子を見て、遅れてきた反対車線の赤い車も停まってくれた。

白のセダンの運転手が手振りで「行きなさい」と合図をした。

男の子が横断歩道を渡ろうと駆けだした瞬間に、対向車線に止まっていた赤い車の運転席の女性の顔が驚きで引きつった。

浩平はとっさに手を伸ばして、男の子の手を引っ張ろうとしたが、走り出した男の子をつかまえることはできなかった。男の子は白いセダンの向こうに飛び出したところで、自分の右手からバイクが突っ込んできていることに気づき、恐怖のあまり身体が固まり、横断歩道の中央に立ち尽くした。

バイクのブレーキ音が響き渡る。

浩平は思わず男の子の後を追って、横断歩道に飛び出していた。

そして視界に、男の子と突っ込んでくるバイクをとらえると、無意識のうちに男の子を向こう側に向かって突き飛ばしていた。

バイクのカウルが割れる音が響き渡り、ぶつかった衝撃で、浩平は数メートルも先まで吹き飛ばされた。バイクの運転手も転倒し、さらに遠くまで投げ出されている。

浩平は何が起きたのかわからないまま、道に横たわっていた。

ただ、右手と右腰にただならぬ痛みを感じて、それを我慢すべく歯を食いしばって呻《うめ》き声を上げていた。

「ケンちゃん！」

子どもの母親の叫び声が聞こえたのを最後に、浩平は意識をなくした。

浩平が目を開けると、白い天井が見えた。

自分がどこにいて何をしているのか、状況がつかめない。

身体を動かそうとすると、脚に痛みが走る。右手に何重にも巻かれた包帯を見て、少しずつ起こったことが思い出されていった。

「そうだ。俺、事故に遭って……」

右手を動かそうとしたが、感覚がない。

「気がつきましたか。前田さん。わかりますか？」

若い看護師の声が浩平の耳に入る。顔を左に向けると、白い服を着た看護師が話しかけている。名札に「鴨居《かもい》」とある。

「はい……わかります。俺、事故に遭ったんですよね。バイクにはねられて……」

「そうです。ここは病院です。もう手術も終わりました。今は麻酔が効いてますから右手に痛みはないと思います」

「はい……あの」

「とりあえず、今はゆっくり休んでください。先生を呼んできますね」

そう言うと、看護師は浩平のベッドから離れようとした。

「あの……男の子と、バイクの運転手は……」

振り返った看護師の顔は笑顔だった。

「二人とも、軽傷ですよ」

「そうですか」

浩平は安心したからか、激しい眠気を感じ、再び目を閉じた。


浩平が目を覚ました次の日の午前中には、連絡を受けた会社の上司が見舞いに来てくれたらしい。午後には、実家から母の久絵が来た。

「そこで、山田さんという人に会ったよ。息子さんの命をあなたに救ってもらったって、私がたいそう感謝されたよ。——浩平、あなた、いいことしたね」

久絵はケガの具合を聞く前に、笑顔で浩平にそう言った。

浩平は、口元だけで笑顔をつくってそれに応えた。この先、どうなるかわからない不安の中で、身内が近くにいてくれることがこれほど心強いものだということを、浩平は初めて知った。それも、最初に見られたのが久絵の笑顔だったことが、浩平の気持ちをいくらか楽にしてくれた。

「でも、代わりにあなたが大変なことになってって、泣いて謝るのよ。とても苦しんでらしたから、同じ息子を持つ母親として放っておけなくてね。『大丈夫ですよ、うちの子も子どもさんが助かったと知れば、嬉しいと思います』って伝えておいたわ」

「ああ、ありがとう」

浩平は力なくそう言った。

「母さん、これからあなたのアパートに行って、着替えなんかを取ってくるけど、持ってきてほしいものある？」

浩平はすぐには思い浮かばなかった。

「別に……ないかな」

久絵は笑顔でうなずいた。

「そう。まあ、母さんがしばらくこっちにいるから、何か思い出したら言いなさい。それから、父さんは忙しくて来られないから、これ……」

差し出された紙袋の中身は、開けなくてもわかっている。

「本だろ、どうせ」

浩平は吐き捨てるようにつぶやいた。

久絵は笑顔でうなずいた。

「やることないだろうから、こういう機会に読んだらどうだって」

「こんな手じゃページをめくれないだろ」

浩平は忌々《いまいま》しげにグルグル巻きにされた右手を見た。

「そうね。まあ、父さんもこんな状況とは知らずに母さんに渡したものだから、許してあげて。まあ、本当に読む気になったらでいいから……」

そう言いながら、久絵は紙袋から本を取り出して、ベッドサイドの小さな棚に差し込んだ。


入院生活は不自由で、退屈なものだったが、浩平が目を覚ましたときに最初に見た看護師と話をするのは楽しみで、心が躍った。自分の右手が動かなくなるかもしれないという現実に、絶望してもおかしくない状況だったが、鴨居日菜の姿を見ると、胸が高鳴り、そんな現実よりも、日菜とどんな話をしようかということばかり考えていた。

浩平が、日菜には他の看護師とは違う雰囲気で話をすることを、通りがかった別の看護師が見てからは、周りの看護師たちは浩平の病室に行く役目を日菜に押しつけるようになった。

いつもの業務の中に、ちょっと入ってくるみんなのいたずら心のようなものだが、浩平も日菜もそれなりに楽しんでいたし、お互いの気持ちが近づくには十分な時間があった。

右手は回復の見込みはないという診断の結果を聞いたとき、浩平がそれほど絶望しないですんだのも、日菜のおかげだった。

「まあ、動かない指も、誰かの命を救った証しだと思えば誇らしいだろ」、なんて強がって見せたのも、恋の力と言っていい。

このときの浩平が恋をしていなければ、もっともっと悲観的で、みじめな自分をさらけ出していただろう。今思い出しても、恋の力の偉大さに、ちょっと恐さすら感じる。

数日後、山田美咲が男の子を連れて、浩平の病室にあいさつに来た。

「前田さんに、息子の命を救っていただきました。本当にありがとうございます」

美咲はそう言って、涙を流しながら深くお辞儀をすると、頭を下げたまま――

「しかも、何とお礼を言っていいやら、どう、恩返ししたらいいのか……」

と言って、嗚咽《おえつ》を漏らしながら涙を流し続けた。

その場に付き添っていた日菜が、崩れ落ちそうになる美咲の肩を支えた。

「いいんですよ」

浩平は美咲に向かってそう強がると、左手で手招きして、男の子を呼んだ。

男の子は、母親の顔を不安げに眺めたが、美咲が行くように目で促すと、ゆっくりと浩平のほうに近づいていった。

浩平は、精いっぱい笑顔をつくって迎えた。

「無事でよかったな。車には気をつけるんだぞ。母さんに心配かけないようにな」

そう言って、左手を男の子の頭の上にのせた。

子どもは、いろいろな感情があふれ出て言葉にならず、ただしゃくり上げて泣きながら

「うん」とうなずいた。

乗り越えるべき試練

「お帰りなさい」

浩平が家に帰ったとき、日菜は台所で、新調したばかりの台所専用室内野菜栽培機、ベジタブルシェルフから夕飯用の野菜を収穫しているところだった。

「早かったのね。実家でもっとゆっくりしてくるのかと思ってた」

「ああ、ちょっとやらなきゃいけないことができてね。でも、空振りだったんだけど」

「どういうこと？」

浩平は、日菜にも雅彦が残した遺書のことを伝えた。

「で、その『しかるべき人』を捜すために、いとこの洋子さんに会いに行ったけど、違ったってわけね」

「ああ」

浩平がダイニングテーブルのイスに座ると、日菜が生ビールを浩平の前に置いた。浩平の家の家庭用生ビールサーバーは五年前のモデルだが十分に動く。

「なぁ、お前知らないよな」

日菜は笑った。

「私が鍵を持ってたら、おととい、一緒に実家に帰ったときに言ってるわよ」

「そうだよな」

そう言って、浩平はビールを飲んだ。時計を見ると十九時を過ぎたところだった。

「凜は？」

「部活よ」

「アメフト……か」

浩平は苦笑いをした。

「女の子がアメフトねぇ……」

「あなたが古いのよ。今、女の子たちの間で一番人気のスポーツよ。そろそろ帰ってくる頃だと思うから、先にお風呂入っちゃえば？」

「そうしたいんだが、ちょっと加藤と連絡を取らなきゃいけないから、それが終わってからにするよ」

「加藤さんって、いつも話に上がる会社の後輩の？　何？　トラブル？」

「いや、そうじゃない。むしろ逆だよ。あいつが大口の契約を取ったらしいんだ」

「へぇ、すごいじゃない」

日菜は無邪気に喜んだ。

浩平は口元だけで少し笑った。

「まぁ、詳しいことは聞かなきゃわからないんだけどな」

「帰ってくると思わなかったから、夕飯、私と凜の分しか作ってないわよ」

「食べてきたから大丈夫だ」

そう言うと、浩平は席を立ち、ビールジョッキを手に自分の部屋に向かった。

「オン」

スマグラの電源を入れると、加藤に電話をかけた。

「お疲れさまです」

元気のいい第一声で、仕事が順調なのがわかる。

「ああ、お疲れ。メール見たよ。なんかすごい契約取ったみたいじゃないか」

「そうなんですよ。あまりにも事が大きいので、井上部長が先方にあいさつに行ってくださっています」

浩平は二十年近く営業をやってきたが、これほど大きな契約を取ったことなど一度もない。いや、浩平だけでなく、日本を代表する病院との契約など、社内の誰も取ったことがないだろう。普通、大病院との契約は経営者同士で取り決めてしまう。一人の営業の働きで、これだけ大きな病院との契約が取れることなど、まずあることではないのだ。

おそらく、加藤はこの契約をまとめたら、その業績が評価され、昇進して、自分を通り越していくだろう。これまでも何人かの有能な若者に、そうやって抜かれていった。浩平は自分にはない才能を持っている加藤を羨《うらや》ましく思った。

左手にビールジョッキを持ったまま、右手を見つめた。

(右手さえ動けば、営業じゃなく、大好きな研究開発の仕事をしていられたのに……)

誰かに追い抜かれるたびに、自分の右手を見つめながらそう負け惜しみを言うのが浩平の癖になっていた。

「課長、聞こえますか?」

「ん? ああ……聞いてる」

「とにかく、会社は大変な騒ぎになっています。楽しみにしていてください」

「ああ。わかった。あと数日よろしく頼む」

浩平は、そう言うと電話を切った。電話の向こうから聞こえてくるスタッフたちの忙しそうな声を聞くと、ますます自分の居場所がなくなっているように感じた。

会社の中でも何十年に一度あるかないかの、歴史的瞬間に自分は立ち会えていないのだ。

そして、これからもきっと自分が定年になるまで、何度もこの契約のことが語り草として、いろいろな人の口から出てくるだろう。

その瞬間に立ち会えなかったという事実は、浩平の気持ちを暗くした。

大きなため息を一つつくと、浩平はできる限り仕事のことを考えるのをやめようとした。

「まずは、親父の遺言だ」

頭を切り換えるように首を振ると、ソファに座り、眼鏡を外して天井を仰ぎ見た。

これといって、「しかるべき人」に思い当たる人もいない。

「とりあえず、親戚に片っ端から電話してみるしかないか……」

あまり話をしたことがない親戚にいきなり電話をして、「遺言に書いてあった鍵を知らないか」と聞くのは気が進まないが、ほかに方法もない。

浩平は時計を見つめた。

「明日にしよう」

表示されている時刻を見て、そのほうがいいと判断した。

浩平は鞄へと手を伸ばして、雅彦の「離れ」から持ってきた一冊の本を手に取った。

「とりあえず最初だけでも読んでみるか」

浩平は『書斎のすすめ』という本のページを開いた。


耳にかけたスマグラの眼鏡フレームから、骨伝導で伝わってくる電話の音に条件的に反射して、浩平は目を覚ました。

ドン、という床に何かが落ちる音がしたが、それを確認する前に、目の前の表示を見つめた。部長の井上だった。

浩平は寝ぼけた声を出さないように、できるだけしゃんとした姿勢で電話に出た。

「ハイ、前田です」

「前田くん、お休みのところ申し訳ない。今、大丈夫かね」

「はい……」

「実は、加藤くんがエボラにかかってしまってね」

「ええ！」

「二日ほどでよくはなるらしいんだが、今日一日は人と接触しないようにと医者に言われてね」

「はい……」

「ところが、今日は東都大学病院の理事長から契約書をいただくことになっているんだよ。加藤くんが、責任者は君だと先方に伝えてあることは？」

「聞いています」

「なら、話は早い。契約に君か加藤くんのどちらもいないのはまずいだろ……」

何となく話は読めてきたが、浩平は自分から答えを出さずに、井上の話を待った。

「そこで、ゆっくり休めと言っておいて申し訳ないんだが、今日十時に東都大学病院まで来てもらえないだろうか」

浩平は時計を見た。

朝の六時を回ったところだ。浩平が実家にいても間に合う時間帯だと見込んで、井上はこんな時間に連絡をしてきたのだろう。

「わかりました。もう実家から帰ってきていますので大丈夫です。伺います」

「おお、そうか。すまんがよろしく頼む」

浩平は、丁寧にお辞儀をしながら電話を切った。急に舞い込んできた大きな役割に、心臓の鼓動が激しくなった。

歴史的瞬間に、自分が立ち会うのだ。

昨日は悔しさと焦りから、自分の運のなさや役回りを呪いさえしていたが、ひょんなことから自分がその瞬間に立ち会えることになった。ワクワクした状態が、少し経つと、今度は徐々にひどく緊張し始めた。

後輩の加藤の代わりに自分が行って、先方に嫌われでもしたら、上司としての面目が丸つぶれになる。いや、面目がつぶれるなんて問題ではない。それだけではすまない大きな契約である。

浩平は左手が震えるのを感じた。感覚を失っている右手は震えていない。右手を見つめる視線の先の床には、読みかけて眠ってしまった本が落ちていた。

浩平はその本を拾った。昨夜読み始めて、そのまま眠ってしまったことを思い出した。どうやら、本を開くと眠気が襲ってくる体質らしい。それでも、昨夜は本編に入る前の部分だけは読めた。

その本を、鞄に入れると、昨晩、風呂に入りそびれたことを思い出し、浴室へ向かった。まずは、身だしなみを整える必要がある。

浴室で壁の「入浴ボタン」を押すと、浴槽の蓋が浴室の壁に自動格納され、四十二度に設定された熱めのお湯があらわになる。浩平が好きな温度だ。

「う〜っし！」と声を発しながら、肩まで湯船につかると一気に目が覚めてきた。身体を伸ばして、一つ大きく息を吐いた。

浩平にとって、風呂場はストレスの多い毎日を癒してくれる唯一の場所といってもよかった。それは、子どもの頃から変わっていない。

浩平は、浴室の壁の照明をぼんやりと眺めた。

「【心のお風呂】……か」

昨日読んだ本の内容が頭に浮かんだ。

父の雅彦への反抗心から、読書嫌いになり、頑なにそれを貫いて生きてきた浩平だった。だが、昨日読んだ本の序章に書かれていたことは、今の浩平の心を揺さぶるのに十分な内容だった。

もし本当に、【心のお風呂】なんてものが作れるのであれば、この心が疲れ切ってしまう毎日を、少しくらいは幸せに生きられるのかもしれない。そう思う。

心の中では、「よーし！　俺もせっかく一冊読み始めたんだから、試しに一〇〇冊になるくらいまで……、いや、せっかくだから一〇〇冊くらいまでは読んでみるか」という衝動に駆られる自分がいるのがわかる。

そしてその自分を、頑なに止めている自分もいまだにいる。

（いいよ。そんなことしなくても。それじゃあ、親父の思うつぼだろ。本を読まない大人になるって決めたんじゃなかったのか。男が一度決めた生き方を変えるのはカッコ悪いだろ……）

いろいろな理屈を並べて、成長しようとする自分を止めるのは、自分自身だ。

いつもそうだった。

今回が今までと違うのは、「父親の死」という特別な状況であり、浩平が読み始めた本は、何かのメッセージとして雅彦が浩平に残したものである、という点だ。

さすがの浩平も、この一冊は読むしかないと決めている。

ただ、「この一冊だけね……」と心に決めて読み始めると、意外に面白いから困っている。本の魅力にハマりそうになっている自分と、それをどうにか止めようとしている素直じゃない自分。二人の自分が心の中でせめぎ合っていた。

お風呂場の扉が開いた。妻の日菜がそこに立っていた。

「どうしたの、早いじゃない」

「部長に呼ばれたんだ。ちょっと外せない仕事が入ってね。今から行ってくる」

「そう……じゃあ、急いで朝食作らないとね」

「ああ、頼むよ」

日菜は扉を閉めると、鼻唄を歌いながらキッチンへと向かった。朝から機嫌がいい。

自分には向かない営業という仕事を二十年も続けてきた浩平が、最後の最後で絶望せずにすんでいるのは、日菜の明るさのおかげだ。

自分で言うのも変な話だが、浩平は自分の性格を、「暗く、悲観的で、ひがみっぽく、失敗や不安をいつまでも引きずるタイプ」だと分析している。一方で、日菜は「明るく、楽観的で、あまりくよくよしないタイプ」だ。

あんな性格になれたら……といつも思うが、とうてい無理な話だろう。娘の凜は日菜に似ているような気がするのが浩平にとっては救いだった。家の中に、もう一人自分みたいに暗い奴がいたらと思うと正直ぞっとする——。

浩平は風呂を出て、支度を始めた。


浩平が東都大学病院にタクシーで乗りつけると、ロビーにはすでに井上がいた。

浩平は慌てて駆け寄った。

「すみません、部長。お待たせしました」

浩平の声に井上は振り返った。

「おお、来たか。休みに申し訳ない。加藤が来られない以上、営業の責任者を連れてくるしかなくてね」

井上は笑顔を見せた。

「大丈夫です。むしろ光栄です。今日は、私がこの会社に入ってから一番の大口契約です。そんな歴史的瞬間に立ち会えるんですから」

井上はうなずいた。

「加藤から、詳細は聞いているか？」

「いいえ。まったく」

浩平はためらいがちに答えた。

威勢よく「光栄です」と言ったはいいが、実際のところ、状況もよくわかっていないし、自分に加藤の代役が務まるのかどうかも、あまり自信がない。二十も年の離れた部下の代役が、課長の自分に務まるかどうか自信がないなんて、あまりにも情けないことではあるが、それが浩平の本音だった。

井上は顎に手を当てて、少し思案した。

「まあ、仕方ない。君が初対面のあいさつをしたら、あとは私が話を進めよう。君は先方さんに直接何かを聞かれない限り、答える必要はないだろう」

「わ、わかりました」

「よし、じゃあ、行くか」

井上は、腕時計をチラッと見た。約束の時間まであと五分ほどある。

浩平に緊張が走った。

東都大学病院の最上階は病室のないフロアになっていて、数々の会議室や応接室が並んでいた。人通りのない廊下を、浩平は井上の後ろに続いて歩いた。

二人の足音だけが、コツコツと長い廊下に響いている。

やがて「会長室・院長室」と書かれた扉の前に来ると、井上は自分の身なりを一瞥《いちべつ》し、ネクタイにゆがみがないかを手で確認した。浩平はそれにならって、自分もネクタイを整えて背筋を伸ばした。

井上は、浩平に目で合図を送った。浩平が目礼でそれに応えると、井上が扉をノックし開けた。

扉を入ったオフィスは秘書室になっていた。入り口の方に向いて二つの机が横に並んでいて、二人の女性が座っていた。左の女性が会長秘書の大内朋子《おおうちともこ》だ。

「株式会社聡栄《そうえい》製作研究所の井上でございます。志賀会長とのお約束で参りました」

「お待ちしておりました。ただいまご案内いたしますので、そちらにおかけになってお待ちください」

大内はそう言うと、手元の受話器を取り上げて、志賀と連絡を取った。ほんの一、二秒で用件を伝えると、受話器を置き、浩平たちのところに歩いてきた。

「お待たせいたしました。こちらへどうぞ」

促されるまま立ち上がり、左手の会長室へと案内された。

小柄で恰幅のいい志賀《しが》泰三《たいぞう》は会長イスから立ち上がり、会長室の中央に置かれた応接テーブルのところまで歩み寄ってきた。

「お待ちしておりました。井上さん。どうぞお座りになってください」

声が大きい。年齢不相応に声が大きい人は、それだけで大きなエネルギーを感じる。

「ありがとうございます。その前に、本日は営業の責任者を連れて参りましたので、ごあいさつを……」

井上に促されて、浩平は一歩前に出た。

「初めまして、私、営業課長の前田浩平と申します」

浩平は腰を折って、両手で電子名刺を差し出した。曲がらない右手は添えるだけになっている。

志賀は差し出された名刺をマジマジと見つめるなり、徐々に顔色が変わっていった。耳が赤くなる志賀の様子を井上はただ黙って見ているしかない。

浩平は差し出した名刺を受け取ってもらえない以上、腰を折った姿勢のまま固まっているほかなかった。

志賀は自分を落ち着かせるように、息を一つつくと、相変わらず大きな声で言った。

「いつもの、彼……加藤くんはどうしたんですか？」

浩平は、恐れていたことが起こってしまったと思うと、そこに立っているのがつらくなるほど鼓動が速くなった。

「実は、加藤が感染症の病気にかかりまして。会長にうつすようなことがあっては大変なので休ませました」

「エボラでもインフルエンザでも、薬で二日で治るじゃないか」

そう言いながら、志賀はようやく浩平の差し出した電子名刺に自分の名刺を重ねて、情報を受け取った。

浩平は身体を起こすと、絞り出すような声で「よろしくお願いいたします」と口にした。

額からはいやな汗が噴き出ている。

志賀が向かいのソファに座るのを見届けてから、井上と浩平もソファに座った。

「前田くん……」

志賀は電子名刺を見ながら、浩平の名前をつぶやいた。浩平は「はい」と小さく返事をして、ソファから身を乗り出すように、腰を浅く掛け直した。

「君のことは、今回の担当の加藤くんから聞いているよ」

浩平はどう答えていいのかわからず、笑顔をつくった。上手に笑えていないのは、自分でもわかる。井上もすぐに契約の話をするのは得策ではないと感じているのか、その様子をただ見守ることしかできない。

「加藤くんの話では、責任者が君で、本来ならば君があいさつに来るべきところだが、身内の不幸で来られないという話だったね」

「はい。申し訳ありませんでした。父が亡くなりまして」

志賀の表情に変化は見られなかった。

「そうか。それは残念なことを……。それより、あの加藤くんというのは優秀だな。お二人ともいい部下を持ちましたね」

「ありがとうございます」

井上は素直に頭を下げたと同時に、ここがタイミングと見て、話を切り出そうとした。

「それで、会長、ご契約の……」

「その前に」

志賀は井上の言葉をさえぎった。

「前田くん」

「は、はい」

とっさに返事をしながらも、「どうして俺なんだ」という思いが浩平の中にわき起こる。

「どうして私が、御社と契約を結ぼうと思ったか、わかるかね」

「それは……」

浩平は返事に窮した。適当な言葉も浮かばなければ、いきさつを加藤に確認したわけでもない。井上には「黙っていればいい」とは言われたが、聞かれたことには答えなければならない。焦りは募るが答えが出ない浩平は、その場の止まった空気感に耐えかねて、小さく言った。

「わかりません」

「私はね、あの加藤という若者が気に入ったんだよ。あの男だから契約しようと思ったんだ」

口調は優しく静かだったが、浩平に「自分が場違いなところにやって来た能なしだ」と思わせるに十分な一言だった。浩平はうなだれるように小さくうなずいた。

「はい……」

「その加藤くんは、課長の君が責任者なので、この契約は前田くん、君の手柄にしたいと言うんだ。私はますます彼のことが気に入ってね。こんな大きな契約を他人の手柄にしようとする奴なんて、そういるもんじゃないだろ。何せ、自分の力でまとめたら、会社の中ではきっと評価も地位も上がる。それなのに、なぜ彼が君の手柄にしようとしたのか、君はわかるかね」

「……」

浩平は、先ほど以上に長い沈黙の後で、先ほどと同じ言葉を、先ほどよりも小さい声で答えた。

「わかりません」

自分のせいで、せっかくの大きな契約が丸つぶれになる予感を背筋で感じながら、浩平にできることはただ、志賀の話を聞くことだけだった。

「そうか。彼は最初に来たときから、この契約を取る自信があるように見えた」

(俺は、ただ部長に来いと言われたから加藤の代わりに出てきただけだ。俺は……悪くない。でも、俺じゃなければ、こんなことにはならなかった……。生まれつき営業が向いてないんだよ、俺は……)

浩平の頭の中で、自分を責める言葉と、人のせいにして責任を逃れようとする言葉が交互に響く。志賀の言葉が遠くなる。

「前田くん」

浩平は志賀に名前を呼ばれて、我に返った。

「はい!」

恐る恐る顔を上げたとき、浩平の目に飛び込んできた志賀の表情は、思いのほか優しく感じられた。

「私の父は証券マンだった。私がまだ幼い頃、バブルが弾けて父は職を失ったんだ」

浩平は「バブル」という言葉を、学校の社会の授業で習って以来、久しぶりに耳にした。

「それ以来、父は人が変わったように無気力になり、母が女手一つで私を育ててくれた。そんな母も心労がたたってか、私が高校生の頃にこの世を去った。まだ、ガンが治らない時代だったからな。私は母の命を救うために何もできなかった。その悔しさから医者になろうと決めた。勉強なんてしたことがなかった私にとって、それは本当に大きな決断だったんだ」

志賀は立ち上がり、窓の方に歩いていった。窓の外には高層ビルが林立し、眼下には日比谷公園がまるで自分の庭のように広がっている。

「人生において手に入れるものを決めているものは、何だと思うかね」

志賀がチラッと目線を送った相手は、井上ではなく明らかに浩平だった。

無意識のうちに、二十年の営業人生で培ってきた、当たり障りのない答えが浩平の口から出てきた。

「それは、志賀会長が素晴らしい才能をお持ちで」

「才能で人生は保証されない」

浩平の言葉が終わらないうちに、志賀は浩平の言葉を否定した。

志賀は会長イスにゆっくりと腰掛けた。

「才能が素晴らしい人生を保証するわけではない。私はこれまで、私よりも優秀な頭脳を持った医者に何人も会ってきたし、私よりも素晴らしい技能を持った医者にも何人も会ってきた。どう逆立ちしても私は彼らにかなわないほど、頭脳も技能も才能の差があった。

それでも、その才能が彼らに素晴らしい人生を保証しているわけではなかった。現に彼らより才能的には劣っていた私が、ここにいるのが何よりの証しだ」

浩平には、志賀の姿が父の雅彦の姿と重なって見えた。

――「人生は才能によって決まっているわけじゃない」

この言葉は、浩平が雅彦から伝えられてきた言葉だったからだ。

「素晴らしい人生を保証してくれるのは、才能ではなく習慣だ。我々が人生で手にするものは、才能ではなく、習慣が決めている。

どれほど遺伝的に健康に生まれてきても、生活習慣や思考習慣が悪いと簡単に病気になるし、それでも改善しなければ死に至る。良くも悪くも、我々の人生は、我々の手にした習慣の産物と言える。

だから、よい習慣を持っている者は、人生において、よいものをたくさん手に入れることができる。私がここまで来られたのは才能のおかげではない。習慣のおかげなんだ」

「はい……」

浩平は営業らしい合いの手を入れるのをやめて、素直に耳を傾けた。

「習慣によってつくり出すべきものは思考だ。心と言ってもいい。

人間の思考には、習慣性がある。つまり、放っておくと、いつも同じことを考えている。自分に自信がない者は、放っておくと、いつも自分に自信がない方向に物事を考える。悲観的な者は、何かが起こるたびに、悲観的に物事を考える。

人間の行動は心に左右される以上、この『心の習慣』をよくしない限り、よりよい人生になることはない。だから、我々が身につけるべき習慣は、心を強く、明るく、美しくするための習慣ということになる。そういった心から生み出される、言葉、行動、結果は、生きている間ずっとその人を幸せにしてくれる。人生に大きな意義を与えてくれる。そういう習慣を持つ者は、自分だけではなく、たくさんの人を幸せにすることができる」

「はい……」

「あの彼、加藤くんは、若い者にしては珍しく、この『心の習慣』のことを理解している。そして、強く、明るく、美しい心を持っている」

浩平は、これ以上聞いていられないほど、自分のことがみじめになっていた。二十歳も若い部下のことを褒めそやされて、その部下が取ってきた大きな契約を自分がダメにしようとしているのだ。

浩平は膝の上の拳を握りしめてうつむいた。力の入らない右手だけが、自分の意思とは関係なく、緊張もせずにぶらりと他人事のように膝の上で休んでいる。

「その加藤くんが、口を開けば君のおかげでそうなれたと言う」

「え？」

「どうして彼がそう思っているかを、聞いたことがあるかね」

浩平は、加藤がそんな話をしていること自体が意外でならなかった。

自分は営業課長ではあるが、誰よりもキャリアが長いからその役職に就いているだけで、決して才能があるからではないのは、営業部の誰もが感じていることだ。

自覚もある。とりわけ、若くて、勢いがあって、才能にあふれる加藤のような男にとって、うだつの上がらない上司は、一日も早く乗り越えるべき対象であるはずだ。考えられるとしたら、浩平を持ち上げることによって、「謙遜する人間」であることを相手にアピールしたかったのでは……。

そして、志賀が「若いのに、上司を立てることができる奴は珍しい」と思い、加藤に対して好意を抱いたのであれば、加藤の作戦はうまくいっていることになる。

「その様子だと、聞いたことがないようだな」

志賀は苦笑いをして、大きく一つ、ため息をついた。

それから、井上に向き直った。

「井上さん」

「は、はい」

「申し訳ないが、今日は契約書を交わすのをやめておきましょう」

「そ、それは……」

井上は立ち上がって、志賀に考え直してもらおうとしたが、それを志賀が右手を上げて制した。

「契約しないとは言っていない。今日はやめておきましょうと言っただけです。加藤くんが回復して、前田くんがどうして彼がそう思っているのかがわかってから、もう一度来てください。そのときに、あらためて契約を交わしましょう」

「加藤でなければならないということですか？」

井上は、不服そうに小さな声で志賀に尋ねた。

「いや、違う。次回は、加藤くんは来なくても構いません。前田くん。あなたが一人で来てください」

「えっ……」

浩平は、志賀の意図がまったくわからず、戸惑うしかなかった。だが、先方が自分を指名したのである。「はい」としか返事のしようがない。

井上が心配そうに浩平のほうを見た。

「はい……わかりました」

浩平は、ためらいがちに答えた。

「話は以上だ。また、アポイントを取っていらしてください。大内くん。お客さまがお帰りです」

扉のところで、立ったまま様子を見つめていた会長秘書の大内が、数歩前に出て、浩平と井上に笑顔をつくった。

「下までお送りします」

浩平は井上の顔を見つめた。ここは帰るしかなさそうだという顔をしている。二人は志賀に向かって深々とお辞儀をして、会長室を後にした。

エレベーターの中では井上も浩平も無言だった。

井上は、今日できると思っていた契約を逃したことに焦りを感じていた。

契約書を交わす前にドタキャンなんていうことは、この仕事をしていると何度も経験している。「もうちょっと様子を見た後で」という引き延ばしの言葉は、「ＮＯ」と考えたほうがいい。

志賀は、「後日」と言ったが、果たして本当に後日できる契約なのかどうかもわからない。すべては浩平次第なのかと思うと、何だか長い綱渡りの途中で足を止めてしまったようにも、すでに足を踏み外してしまったようにも思えてくる。

一方で浩平にとっては、一番恐れていたことが起きてしまった。背中は丸まり、呼吸が荒くなり、目の焦点が定まらなくなっていた。もはや何かを考える気力さえなくしてしまい、この数分で随分やつれたようにも見えた。

大内が、エレベータのスイッチパネルを見つめたまま、沈黙を破って口を開いた。

「会長が、あのような話をされるのを、私は初めて聞きました」

「あのような……とは？」

井上が尋ねた。

「会長ご自身の生い立ちを聞いたのも初めてでしたし、初めて会った方にあれほど質問をしたのも初めてです」

大内は浩平のほうをちらりと見たが、浩平は無言のままだった。井上が返事をした。

「そうなんですか？」

「ええ。会長が初めてのお客さまと交わされる言葉は、『ああそうですか』『わかりました』『ありがとうございます』くらいです。それ以外は、今まであまり聞いたことがありませんでした。それが今日は、才能や習慣の話まで……。あんな話、初めてです」

井上が意外そうな顔をして、大内を見つめた。

「どうして、なんでしょうか？」

「なぜかはわかりませんが、前田さまのことを気に入ったんだと思います」

浩平はそんな大内の言葉など耳に入ってこないほど、自分のせいで契約をダメにしてしまった罪悪感の中に一人こもっていた。

その様子を見た大内は、エレベーターの扉が開いたときに浩平に声をかけた。

「前田さま」

「は、はい」

浩平は、慌てて我に返って返事をした。

「また、お待ちしておりますよ」

「あ、はい」

大内の一言で、浩平は思い出した。志賀会長に言われたのは、もう一度来いということだった。

どれほどのチャンスが残されているのかはわからないが、もう一度来なければならないことだけは確かなのだ。

心の鍵

浩平のスマグラに、メールの着信表示が出た。そこに視線を合わせて瞬きをすると、メールが開く。加藤からだった。

「すいません、課長。新しい契約を取ったんですが、先方の社長さんとの話が長くなってしまいました。今から向かいます」

浩平は時計を見た。

約束の十九時を十分過ぎている。加藤は今日もまた、新規の契約を取ったらしい。本当にその才能には舌を巻くほかない。すでに加藤は営業部内ナンバーワンの営業成績を残している。今や、浩平の心の中にある加藤への思いは尊敬でしかない。あまりの力量差に、嫉妬する気にもならない。加藤が来るまで、あと数十分はかかるだろう。

浩平は、先に何かを注文することにした。

テーブルの画面をタッチすると、注文メニューになった。

スクロールしながら飲み物を探していると、昔、父がよく飲んでいたビールの銘柄が目に入った。「復刻版・懐かしの味」と書かれている。

浩平は思わずそれを注文した。父と仲がよかったわけではない。しかし、そんな親子でも父親が亡くなってみると、いつかの父の面影を探している自分がいた。心のどこかでやはり、父親を生き方の基準にしているのかもしれない。

浩平の脳裏に、父がビールを飲む姿が浮かび、ハッとした。

東都大学病院との契約のゴタゴタで、「書斎の鍵」の問題が解決されていないことをすっかり忘れていた。

浩平は鞄の中から、例の本、『書斎のすすめ』を取り出した。

「読みながら待つか」

浩平は、店内を見回してみた。

携帯端末を使って仕事をしている人、タブレットを使って誰かと会話をしている人、一人で楽しそうに前を向いて話している人は、スマグラを使って誰かと会話をしている人だ。

紙の本を読んでいる人など、誰もいない。

「自分も〝あっち側〟の人間だと思われるようになったか」

浩平は苦笑した。〝あっち側〟とは、浩平がかつて父の雅彦に対して使っていた表現だ。紙の本を読むのが好きな「時代から、取り残された人たち」のことを指して、そう言っていた。


「すいません、課長。お待たせしました」

加藤に声をかけられて、浩平は本から目を上げた。読み始めてから二ページも進んでいない。

「おお、お疲れさん」

「遅れて申し訳ありません。先方の社長が……」

「いや、いいんだ。思ったより早かったじゃないか。それより、また新規の契約を取ってきたんだってな」

「はい！」

加藤は褒められて喜ぶ子どものような素直な態度で、満面の笑みを浮かべた。

「おまえ、さすがだな。才能あるよ」

浩平はビールをのどに流し込んだ。

「ありがとうございます」

そう言うと、加藤は浩平の前に座った。

「自分で好きなものを頼めよ」

浩平の言葉に、加藤はもう一度礼を言い、素早く注文画面の履歴から浩平と同じものを注文した。

「お前もずいぶん渋いもの飲むねぇ」

「誰かと食事をするときには、相手と同じものを頼むようにしてるんです。そのときの相手が何を飲みたい気分なのか、それを飲んだときの感覚はどうかがわかると、何だか少しは相手の気持ちがわかるんじゃないかと思って」

「なるほどね」

浩平は感心してつぶやいた。自分とはやはり考え方の根本が違うようだ。

ビールが二杯運ばれてくると、加藤は三分の一ほど残っていた浩平のジョッキを新しいほうに差し替えて、古いほうを下げさせた。手際がいい。

「それじゃあ、課長が誘ってくださったことに感謝して」

そう言ってジョッキを浩平のほうに差し出してきた。浩平は、それにジョッキを軽くぶつけた。

「お前を呼んだのは、ほかでもない。東都大学病院の件だ」

加藤が駆けつけの一口をのどに流し込んでいるときに、浩平は早速本題を切り出した。

「ああ、あの日は行けずにすいませんでした」

「それはいい。それよりもその後の話を聞いているか？」

浩平は、加藤の顔をのぞき込んだ。

「部長から、あとは課長が引き継いだから、という話だけは聞きましたが……それが何か？」

浩平は相変わらず、加藤の目を見据えている。加藤は何度も瞬きを繰り返した。

「お前は、それでいいのか」

浩平は恐い表情で、加藤を睨《にら》みつけたまま言った。

「東都大学病院との契約だぞ。うちの会社始まって以来の大口だ。そんな伝説みたいな契約取ってきた奴、今まで一人もいない。それをお前がやったんだぞ。入社二年目で、しかも一人でだ。出世のチャンスだし、営業部では事実上お前はナンバーワンとして認められることになる。それなのに、その契約を取る役目が俺に移ったんだぞ」

浩平は話しながら、だんだんと口調が激しくなっていくのを自分で感じながらも、その感情を自分で抑えることができなかった。

加藤は面食らったような表情で、浩平の言葉を受け止めていたが、しばらくの沈黙の後、柔らかい笑顔を浮かべた。

「仕事は個人ではなく、チームプレーだっていうのは、課長の教えですよ。俺もそう思ってやってきました。結果が出たからって自分一人の手柄だなんて思ってないですよ」

「だとしたら、俺の手柄でもないはずだ」

「いやあ、チームの成果は責任者のおかげって考えるのが当たり前ですよ。それより、おなか減りました。なんか頼みましょう。課長おごってくれますよね」

「加藤！」

詰問するつもりはなかったが、年が二十近くも下の若造にコケにされているように感じて、つい大きな声が出た。

自分が抱いている劣等感が、声を荒げさせている。自分にはない才能を持ちながら、それを平気で他人の手柄にしてしまう。よくできた奴と言えばそれまでだ。だが、大きく年の離れた若造に守ってもらっているという感覚は、浩平にとって耐えられるものではなかった。

浩平は、自分のことを実力はないがプライドは高いと思っている。そんな自分が嫌だった。だが加藤は、そんな嫌な自分をさらに無能かつ包容力がない人間だと、思い知らされるのに十分なほど完璧な部下なのだ。

浩平は深呼吸をした。

「志賀会長と何を話した」

浩平はできるだけ冷静な声で言った。加藤は黙っていた。

「東都大学病院で志賀会長に言われたんだ。契約が取れたのは俺のおかげだと加藤が言っている理由がわかったら、もう一度来いって。その時にあらためて契約してくれるそうだ」

加藤はうつむいている。

「その理由が俺にわからなければ、この契約はなくなってしまう。お前が志賀会長に何を話したか教えてくれないか」

「それは、あの……もちろん、営業には俺が個人で行ったんですが、契約するのは会社ですし、あの日はたまたま課長がお休みで、自分が代わりに営業の責任者になっていただけですから……」

浩平は頭を横に振った。

「そんな理由で、志賀会長がお前に理由を聞いてこいって言ったとは思えないが」

「自分はただ、自分は……」

加藤は大きな声を出したが、言葉をのみ込んだ。

「ただ、何だ？」

「……」

加藤は下を向いた。店員が料理を運んできて、テーブルの上に並べていく。

浩平は加藤を見つめたままだったが、加藤と目が合わなかった。

やがて店員が去り、二人の前には加藤が注文した料理が並んでいた。

「課長の右腕となって、活躍したいと思っただけです」

加藤が力なく言った。

「俺の右腕となって？」

浩平は眉間にしわを寄せた。この二十年間、会社で何一つ業績らしきものを残していないお荷物的な存在だと、自分でもわかっている。クビにならなかったのが不思議なくらい、営業の才能もない。若い社員から、何であんな能なしが俺の上司なのかと陰で思われることは覚悟していた。だが、そんな自分の右腕となって活躍したいと言う若者がいるなんて、浩平には、にわかには信じられなかった。

浩平は自分の右手をチラッと見た。動かなくなった三本の指が、いつものように今の自分の感情とは無関係にテーブルの上にのっている。それをテーブルの下の膝の上に隠した。

「俺の右腕……」

浩平はハッとして、もう一度、自分の右手を見つめた。単なる比喩表現としての右腕ではなく、動かなくなった浩平の右手に何か関係があるのではないか。そう直感した。

「俺の母さんは、女手一つで俺と弟を育ててくれました」

加藤はうつむきながら、ゆっくりと話し始めた。浩平は、自分の右手から目の前の若者へと視線を移した。

「二十年前のある日、俺はある人に命を救ってもらいました」

浩平の加藤を見る目に力がこもった。

「その人は風のように現れて、俺の命を救ってくれたんです。でも代わりにその人はバイクにはね飛ばされて、道に倒れていました。俺はそのときの情景が、今でも目に焼き付いているんです」

「そんな……」

浩平は自分の記憶から、あの日のことを呼び戻そうとしていた。

「そのヒーローの胸にはこのバッジがついていて、光っていました」

加藤は、自分の左胸につけられた社章を触った。

「子どもながらに、このマークは命を救ってくれたヒーローのバッジのように思いました」

浩平は、社章内蔵カメラで撮影されていた事故のときの映像を見たことがある。ぶつかる前の状況。ぶつかった後。衝撃とともに道路に倒れ込む。数秒後に、アップで映った子どもの顔。あの子どもが……。

「俺の命を救ってくれた人は、そのせいで右手が動かなくなったということを、何年か経ってから母に聞きました。でも、あの人は、一言もあなたに恨みっぽいことを言わなかったって。母さんにも一言の責めの言葉もなかったって」

加藤は大粒の涙を流し始めた。

「母さんは『あんな大人になりなさい』っていつも言いながら、俺を育ててくれました」

浩平はまだ信じられない思いで、涙を流す加藤の様子をただ見ていた。

「俺も、あんな人になりたいって思って生きてきました。一度だけ病室でその人と会いました。その人は、自分の人生を変えてしまうような大けがをしたにもかかわらず、笑顔で俺の頭を撫《な》でてくれました。その人の右手は包帯でグルグル巻きでした。俺、俺……」

浩平はあまりの驚きに、声も出ない状態になり、口を開けたまま、目の前の加藤を見つめていた。

「この人の右腕になりたいって……、なるんだって思ったんです」

「でも、確かお母さんは山田、山田美咲さんじゃなかった……」

「母は離婚して、旧姓の加藤に戻りました。俺もそのとき、山田健之助から加藤健之助になりました」

「ケンちゃん！」という美咲の叫び声が浩平の脳裏によみがえってきた。

「そのときのことで、俺と母さんが覚えているのは三つでした。一つはそのヒーローのお名前が前田浩平さんであるということ、二つ目は社章の形。そして、最後に……」

そう言うと、加藤は視線を上げて、浩平の左側を指さした。指し示された先にあるのは浩平の鞄だ。

浩平はよくわからないまま、加藤の指先と自分の鞄を交互に見た。

「先ほど課長が読まれていた本です」

「えっ！」

「俺が病室に行ったとき、その人のベッドの横の棚には本が一冊差してありました。なぜだか俺、それを覚えていたんです。そしたら、母さんもその本のタイトルまで覚えていました」

「それが、これだった……っていうのか」

「はい、『書斎のすすめ』でした」

浩平は、雅彦から送られてきた本を結局読まずに退院してしまったので、タイトルが何だったかさえ覚えていない。その本がどこに行ってしまったのかすら知らない。この瞬間まで、気にしたこともなかった。

「その人が退院する際、俺の母がその人のお母さまに『息子さんは本がお好きなんですか』って聞いたんです。その人のお母さまは満面の笑顔で、『ああ、あの本ですか？』とおっしゃって、病室から持ってきてくれたそうです。『何かのご縁ですから』って……。

それから、我が家では、あの方のような心の優しい人になるというのが、俺と母の合い言葉になりました。あの方が読んでいる本を読んで、あの方の会社に憧れ、あの方の右腕になることだけを夢見て生きてきました」

「そんなことって」

浩平の目にも涙があふれてきた。

「じゃあ、お前はあのときの。……こんなくだらない男のために人生を使ってきたのか」

加藤はうつむいたまま首を振った。

「おかげで俺は幸せでした。あの本に書いてあることを実践したら、少しでもあなたに近づけるんじゃないかと思って、必死になってたくさん本も読みました。おかげで俺はどんどん幸せになっていきました。すべてあなたのおかげなんです。

でも、自分が幸せになればなるほど、あなたのことが気になりました。俺の幸せの陰では、右手の自由を奪われて生きている一人の人がいるという思いが、常に俺の両肩にのしかかってきました。

そこで、あの社章を頼りに、この会社にやって来ました。

面接のとき、井上部長が営業部だけじゃなく人事部長も兼任されていました。

お会いしたのが井上部長だったのもラッキーだったんですが、面接の最後に、『御社に前田浩平さんという方はいらっしゃいますか』と質問しました。井上部長は変な顔をしましたが、『おりますが、それがどうしましたか？』と言ってくれました。

俺はそれを聞いたとき、ようやく救われたと思ったんです。俺は『前田さんと同じ部署にしてもらいたくてこの会社に来ました』ということを熱く語りました。井上部長は方々手を尽くしてそれを叶えてくれました。課長。俺は……俺はあなたの右腕になりたくて、この会社に来たんです」

浩平は流れる涙を止めることができなかった。

「お前、バカだな。そんなことのために、こんな俺の右腕になるために人生を使うなんて、お前バカだな」

「課長のおかげでいただいた命です。そのせいで、課長は右手の自由を失い、きっと自分の人生設計が狂ったんじゃないかと思うんです。井上部長から聞きました。前田課長は研究職だったって。その人生を台無しにしたのは、俺のせいです。

俺は、俺は……課長のおかげで幸せになりました。それに、課長のおかげでたくさんの本とも出会いました。あのとき課長に出会っていなければ、俺の人生に、こんなに幸せがあふれていたとは思えないんです」

加藤の涙の訴えは止まらなかった。

加藤は浩平に対する罪悪感を抱えて、それを背負って生きてきたのだ。他人の人生を台無しにしてしまったという重荷と、自分がどんどん幸せになっていくという相対的な差による苦しみが、積もり積もっていたのだろう。

加藤は、流す涙でその重荷を軽くしているようだった。

浩平の心の中に、一つの言葉が確信を持って出てきた。

「お前のせいじゃない……」

最初はそれは小さなつぶやきとなって現れた。

「はい?」

「お前のせいじゃない、加藤。俺は、お前のその苦しみを知らず、ずっと自分に甘えてきた。自分の人生が思うようにいっていなかったのを、動かなくなったこの右手のせいにして生きてきた。

この右手さえ動けば、苦手な営業という仕事ではなく、自分の大好きな研究開発という現場で存分に働くことができたのに……と、ずっとそのせいにして生きてきた。

でも、本当はそうじゃない。本当はそうじゃないことを、俺もどこかでわかっていた。

俺はこの右手のせいにして、いろいろなことから逃げてきただけだ。

そうやって逃げることで、自分に対する言い訳ができた。

でも、右手が動かなくても、本気で今自分が置かれている状況で、目の前の仕事に向き合い続けて生きてきていたとしたら……きっと今頃は、研究開発部門に戻っていただろう。

すべては、俺の、自分のせいなんだ」

浩平は、加藤に深々と頭を下げた。

加藤が背負ってきた重荷と、自分のせいで右手の自由を奪われた男の、無気力でうだつの上がらないサラリーマン人生を目の当たりにした苦痛は、浩平の想像をはるかに超えるものだっただろう。

そのことがわかった瞬間に、浩平は雷に打たれたような衝撃が自分の中に走るのがわかった。

浩平は一つの事実に気づき、胸が熱くなった。

「俺が俺の人生を幸せに生きることでしか……救えない」

この若者の苦しみを取り去ることができるのは、自分しかいない。

浩平が、自分の負った心の傷から立ち直り、運命を受け入れたうえで新しい人生を始める勇気を持ちさえすれば、一人の有能な人間の人生が救われるのだ。

浩平はもう一度、目の前の若者のヒーローになりたいと思った。

「そういうことだったのか……」

浩平は小さな声で言った。

「課長、ぜひ今度、俺のアパートに来てください。見せたいものがあります」

「書斎か……」

「はい。あの本と出会ったおかげで、俺は本と出会う人生を送ることができました。どんな本と出会ってきたかを課長にも見てほしいんです」

浩平はうなずきながら微笑んで、涙を拭《ふ》いた。

「ああ、いつかな」

「それと、いつか課長の書斎も見せてもらえませんか？」

「お、俺の？」

浩平の声が裏返った。

「ああ、……それも、いつかな」

浩平にはそう言うほかなかった。

「ただいま」

浩平が帰宅すると、玄関を入ったところに運送用段ボール箱が置いてあった。紙でできているのに、水洗いもでき、一万回の使用に耐えるもので、ほぼ半永久的に使える強度を持っている。

キッチンから廊下に日菜が顔を出した。

「お帰りなさい。それ、お義母さんから」

「ああ、そうみたいだな」

浩平はその段ボールを抱えると、自分の部屋に持っていった。

中身は、浩平が送ってくれと頼んであった、離れに置いてあった本だ。手のひらサイズの写真用タブレットも一緒に入っていて、一筆箋にメモがあった。


昔の家族写真です。

書斎の鍵を持っている人を探すために必要かと思ったので、一緒に送ります。

浩平はおかしくて笑いそうになった。

数日前に、データを送っておいたから、世界中どの端末でも見ることができるようになっているのだが、母の久絵にはそのことがわからないらしい。相変わらずアナログにこのタブレットがなければ家族の写真が見られないと思い込んでいる。

浩平はせっかくだと思い、久絵が送ってきたタブレットを箱から取り出し、デジタル写真立てとして出窓に飾った。画面には父親に肩車をされた浩平が写っていた。

浩平はネクタイをとり、上着をハンガーに掛けると、自動消臭クリーニング機能がついたクローゼットにしまい込んで、ボタンを押した。

部屋着に着替えた浩平は、ダイニングに行き、料理をしている日菜にカウンター越しに話しかけた。

「ママ、今日俺は目覚めたよ」

「何言ってるのよ」

日菜は鼻で笑って相手にしなかった。

「本当だ。俺はこれまでの俺の生き方を改める」

いつになく強い口調に、日菜は手を止めて浩平を見た。

「急にどうしたの、パパ」

「いや、とにかく俺はわかったんだ。俺がこんなじゃ、幸せになれない奴がいるってことが」

そう言いながら、目の前の日菜や、娘の凜もその中に含まれているということに浩平は気がついた。

事故が原因で入院したからこそ、妻の日菜とは出会えたのだが、日菜は右手が動かなくなってからの自分しか知らない。それは、つまり、自分のやりたい仕事に燃えている浩平の姿など見たことがない、ということだ。営業は自分には向いていないと決めつけて仕事をしてきた、愚痴っぽい姿しか、この二十年間見せてこなかったことになる。

「自分がかわいそう」という悲劇の運命を背負い込むことによって一番迷惑をかけてきたのは、実は自分のことを信じてついてきてくれた日菜と凜なのかもしれない。

「日菜、俺はやるよ」

「だから、何よ。急にどうしたのよ」

日菜は、意味がわからず、強い口調で聞き直した。

「会ったんだよ。いや、会っていたんだよ」

「誰に？」

「山田くんだよ。山田健之助くん」

日菜の記憶の中にもその名前は残っていた。浩平が入院する原因になった男の子。事故の後、お母さんと一緒に病院に来ては、廊下で病室の扉を二人で見つめている姿を何度も目にした。

看護師だった日菜が声をかけて「中に入りますか？」と聞くと、「ご迷惑になりますから、ここで回復を祈っています」とだけ言って、二人でいなくなってしまうのだった。

「あのケンちゃんと会ったの？」

日菜は包丁を置いて、キッチンから出てきた。

「加藤……だったんだ」

「え？」

「ほら、うちの会社の加藤の話をしてるだろ。あの加藤が、山田健之助くんだった」

「うそでしょ！」

驚く日菜に、浩平は加藤がしてくれた話を、そのまま聞かせた。

浩平は自分の部屋に戻ると、ソファに腰を沈めた。浩平の身体の動きに合わせて、背もたれが傾き、フットレストがせり上がってくる。

左側に置かれたテーブルに手を伸ばすと、そこに置いてある本を手に取った。

浩平は今、初めて自分の意志で本を読もうとしていた。

「しかるべき人」を探す謎解きのためでも、父親に対する罪悪感でも、読まなければならないという義務感でもない、別の思いが浩平の手を本へと動かしていた。

それは、「生まれ変わりたい」という強い思いだった。

浩平は自分のこれまでの人生が、ほかの誰のせいでもなく、ましてや、右手が思うように動かなかったせいでもない。すべては自分の責任で、今のようになったということを、心から認めることができた。

それを教えてくれたのは、加藤という、幼い頃自分が命を救った若者だった。その若者に、今度は自分が人生を救ってもらった。

志賀の言葉が浩平の脳裏をよぎる。

――「習慣によってつくり出すべきものは思考だ。心と言ってもいい。人間の思考には、習慣性がある。つまり、放っておくと、いつも同じことを考えている」

そうだ、浩平は何かを始める前からいつも、「右手さえこんな状態じゃなければ、俺は自分の得意とする研究開発で、今頃は」と言い訳し、苦手だと思い込んでいる営業をうまくなろうとする努力すらしてこなかった。もしかしたら、最初の思い込みさえなければ、営業が天職だと思えるような人生だったかもしれないのに……。

やったことがないことで、最初からうまくいくことなんてない。最初うまくいかなかったのは、才能がなかったんじゃなくて、やったことがなかっただけだったのかもしれない。

だが、浩平には、何か都合の悪いことが起こると、すぐに逃げ込む先があった。それが「右手の不自由」だった。

そこに逃げ込むのが、自分の思考の習慣だと気づいた。いや、本当は気づいていたのに、正面から受け入れる勇気がなかっただけなのかもしれない。

でも、今は違う。自分の弱さが、勇気のなさが、自分にとって都合のいい逃げ場に自分を向かわせていただけだったと気づいたのだ。

「今のままの自分の思考習慣で、誰が幸せになるのか。自分を慰めることができるのか」

どちらもノーだ。

自分の勇気のなさで、加藤も、日菜も、凜も、苦しんできたに違いない。いや、自分だって幸せになっていない。そして、自分を慰めるどころか、どんどん卑屈になり、みじめになっていくだけだ。

志賀の言葉が続けて浮かぶ。

――「だから、我々が身につけるべき習慣は、心を強く、明るく、美しくするための習慣ということになる。そういった心から生み出される、言葉、行動、結果は、生きている間ずっとその人を幸せにしてくれる。人生に大きな意義を与えてくれる。そういう習慣を持つ者は、自分だけではなく、たくさんの人を幸せにすることができる」

そうありたいと、浩平は今、心から思った。

そして、そんな、強く、明るく、美しい心を持つために今自分がやるべきことは、本を読むことだ。そう、強く感じた。

本に対する拒否反応も、本当は自分の心の弱さの表れでしかない。そのことだって、今は素直に認めることができた。

それは父親という大きな壁からの逃避であった。

浩平にとって、雅彦は大きな存在だった。

親戚中から尊敬され、地域の人から愛され、医師仲間からも一目置かれるような、単なる父を超えた大きな存在。

幼い頃の浩平は、そんな父のことを誰よりも尊敬し、誇りに思っていた。そんな父のことが大好きであった。誰にも言ったことはないが、その頃の浩平は、将来医者になって、雅彦のような人になることを夢見ていた。

ところが、成長するにつれて、自分には雅彦ほどの学力がないことを思い知らされた。勉強も人並み以上にはできたとしても、医者になれるほど飛び抜けた能力を自分自身に感じたことはなかった。

浩平が雅彦のことを、守ってくれる壁から、越えなければならない壁として意識し始めたとき、雅彦という偉大な壁はあまりにも大きすぎた。浩平は雅彦と同じ道で生きていくことを避けるようになった。

誰にも言ったことがなかったことをいいことに、医者になる道をあきらめ、工学系の大学に行き、研究者になるのが夢だと言うようになった。同じ医者という道では、雅彦という壁を越える自信がなかったからだ。

雅彦が本好きで、その読書力によって人生を切り拓《ひら》いてきたということは、浩平にもわかっていた。だが、それを自分もやってみようと、今の今まで思わなかったのは、同じやり方をしても、雅彦よりも大きな存在になれるという自信がなかったからにほかならない。同じ土俵に立たなければ、比べられたりしない。

浩平は自嘲気味に笑った。

「誰も比べたりしていないのに……」

浩平は、『書斎のすすめ』という雅彦が残してくれた本を手に持ったまま見つめていた。

自分は、父という大きな壁から逃げ、右手の不自由という壁から逃げ、営業という仕事の壁から逃げてきた。そのたびに、それを正当化させる理由をいつも考えて、自分に言い聞かせ納得させてきた。それが、いつも繰り返されている浩平の思考の習慣というやつだった。

「カッコわるい奴だ。俺は……」

そう一言つぶやくと、浩平は本を開いて続きを読み始めた。

「俺はもう逃げない」

やってくる壁から逃げる生き方をし続けた自分が、何だかみじめに思えてきた。

でも、嫌な気はしない。

なんだか、昨日までの自分を客観的に、まるで第三者を見るように見ている自分がいた。

生まれ変わったような気分だ。

「一冊の本と出会うだけで、人生がこんなにも変わるんだな……」

浩平はそれまでの人生で、固く閉ざされたままずっと開かなかった心の扉の鍵を見つけたような気がしていた。

本という心の鍵を。

ENCOURAGEMENT TO
MAKE YOUR
OWN LIBRARY

書斎のすすめ

読書が「人生の扉」をひらく

現代書房

序章

なぜ心もお風呂に入らないの？

一日の仕事を終え、家に帰ってくる。

疲れた身体を癒すためには、お風呂に入ることでしょう。お風呂に入ると、一日の身体の汚れが落ちるのはもちろん、精神的にもリフレッシュできます。

日本人はとりわけ、お風呂が好きです。

「一日一回はお風呂に入らなければ、気がすまない」

「一日の汚れを清めてから、寝床に入りたい」

こういう人がほとんどだと思います。

ですから、衛生学的に言えば、必ずしも毎日お風呂に入らなければいけないわけではないのですが、多くの人は毎日お風呂に入らなければ気がすまないようです。

「あなたは何日お風呂に入らないで我慢できますか？」

このように質問をされたら、「一日」「毎日入るのが当たり前」と答える人が多いでしょう。

人間は、一日生きると、自分が思った以上に汗をかいています。脂が浮き、汚れや匂いもついています。運動したり、身体を動かす仕事をしている人だけではなく、家の中で横になって一日中テレビを見ていた人も、エアコンが効いた快適なオフィスでデスクワークをしていた人でも、汗をかかない、脂が出ないなどということはあり得ないのです。

子どもの頃は、家に帰ると「うがい、手洗い」を親からうるさく言われます。一日、外を歩いているだけで、目には見えないホコリやゴミ、菌などをたくさんくっつけて帰ってくるということです。

一日生きると一日分だけ、身体は確実に汚れます。その汚れを落としてから、一日を終えたいと思うものです。

これは、「清め」「禊《みそ》ぎ」といったものが根底にある、日本人特有の考え方かもしれません。とにかく、身体や頭皮の脂が浮いたまま床に就くよりも、きれいに洗い流してから床に就きたいと考えるのは、とても自然な感情だと思います。

それでは、心はどうでしょう。

人間は一日生きると、否応《いやおう》なくいろいろな出来事や情報にさらされます。

街ですれ違う人、電車でたまたま隣に座り合わせる人、会社の上司や同僚、部下、顧客、新聞、テレビやインターネットのニュース、友人、家族……、僕たちは毎日、本当にたくさんの情報に触れて生きています。

そして、その情報のほとんどを、無意識のうちにキャッチしています。

自分の心を弱くするような言葉や、美しく光り輝く心を曇らせるような言葉、未来に対する希望が打ち砕かれるような言葉、明日が暗く感じられてしまう言葉、自分の自信がへし折られるような言葉、自分には価値がないんじゃないかと思わされるような言葉……。そんなたくさんの言葉があふれる中に一日中、身を置いて、家に帰ってきます。

僕たちは気づかないうちに、心にもいろいろな汚れをくっつけて帰ってきているのです。

「身体の汚れは、そのままにして寝るのは嫌だ」という人でも、心の汚れをそのままにして寝ている人がたくさんいます。【心のお風呂】には入らないで、一日を終えます。

【心のお風呂】に入らなければ、前日の心の汚れはそのままで翌朝を迎えるわけです。そして、翌日も、一日分の心を弱くしたり、曇らせたり、暗くさせるような出来事や情報にさらされて、帰ってきます。

何日も続けていくうちに、すっかり心は弱く、暗くなってしまいます。ほんの数日で将来に対する不安が増大し、自分に対する自信がなくなっていきます。

何かのきっかけで、自分の未来が明るく見えることがあっても、十日もすれば、「そんな気がしたこともあったのに……」と、一転して暗くなったりするのも、【心のお風呂】に入っていないからです。

それでは【心のお風呂】とは何でしょうか。
勘のいい読者は、気づいていると思います。それは【書斎】なのです。

一日生きると身体は汚れる
一日生きると心も汚れる

第1の扉

書斎では「心の汚れ」を洗い流す

1 きれいな心で安らぎの毎日を生きる

【書斎】は【心のお風呂】です。

ここで言う【書斎】とは、自分が読んだ本が並んでいる空間のことです。ですから、ライブラリーと言ったほうがイメージしやすいかもしれません。

一冊の本と出会うことで、心が楽になることがあります。

一冊の本と出会うことで、前に進む勇気をもらえることがあります。

一冊の本と出会うことで、未来が少しだけ明るく見えることがあります。

自分の人生が楽しみになったり、人に対して優しくなれたり、新しいものの見方を教えてくれたり、自分の生きる意味を見つけ出したり、自分の生き方を一八〇度変えるきっかけになったりすることもあります。

こんな一冊の本と出会えたときは、「この本は自分のために書かれたんだ!」と思ってしまうほど、運命的なものを感じます。その本に出会わなければ、違う人生になっていたと思えるほど、人生の大きな転機になります。

そんな本との出会いがあったら、小さな棚でも構わないので用意して、そこに本を置いてみます。

その本は、読む前は単なる紙の塊でしかありませんでした。でも、読んだ後は、無限の広がりを持つ一つの世界への入り口になるのです。背表紙を見れば、その入り口の向こうにどんな世界が広がっているのか、その世界に行けばどんな勇気がもらえるのか、どんな楽しい気分になれるのか、あなたはもう知っています。それはすでに紙の塊ではありません。一つの世界、いや、宇宙とさえ言っていいのです。

自分の人生に影響を与えてくれる本と出会い、棚に並べていくのです。まずは一冊から始めてみます。そしてまた、出会うと並べる。さらに出会って並べる。このことを続けていくと、半年もしないうちに一〇冊ほどの小さなマイライブラリーができるでしょう。これも立派な【書斎】です。

一日の終わりに、数十秒でもいいので出来上がったマイライブラリーの前に座って、背表紙を見つめてみるわけです。すると、忘れかけていた大切なものを思い出すことができます。一日の生活の中で、たくさんくっついてしまった心の汚れを落としてから眠ることができます。

自分の人生を変えてくれた本を十冊くらい、小さな棚に並べてできるのは【心の洗面所】です。洗面所では顔についた汚れを洗い落としたり、手を洗ったりして、持ち帰った汚れを落とすことができます。小さな棚でも、うがい、手洗いくらいの効果はあります。

素晴らしい一〇冊の本と出会う頃には、**「人生を変えるような本と出会う喜びは、何物にも代え難い幸せだ」**ということを知ります。そういう本との出会いを求めて、もっと面白い本はないか、もっといろいろなことを知りたい、と手を伸ばすようになるでしょう。

これを続けていくうちに、小さな棚では足りなくなり、きっと本棚を買うことになります。

自分の考え方や人生を変えた本との出会いが一〇〇冊ほどになり、それを本棚に並べると、そこはあなただけの【心のシャワールーム】になるでしょう。

ここまでくるのに、きっと本を読み始めてから二年くらいはかかるでしょう。一日暮らして自分の内側から出た汚れと外でついた汚れ、この両方をきれいに洗い流してから寝ることができる場所がある喜びは、ほかの何物にも代え難い――、このことに、そのときすでにあなたは気づいているはずです。

一日の終わりに、【心のシャワールーム】に入り、心静かに本の背表紙を一通り眺める。時間が許せば、新しい本に手を伸ばし、その世界の中に浸る時間を持つようにする。そうすれば毎日の生活の中で、心を汚す出来事や、自信を砕こうとする言葉、存在を否定するような書き込みと遭遇しても、よほどのことがない限り、心はきれいな状態で毎日を生きていくことができます。周囲で起こる心を弱くさせる出来事や自分のことを価値がないものだと思わせるような言葉などに、いちいち振り回されず生きていけるようになります。

読書が与えてくれる「心の安らぎ」を楽しむ毎日を続けていくと、十年ほどで一〇〇〇冊の自分の人生を変えてくれた本に囲まれた【心のお風呂】、つまり【マイライブラリー】が出来上がります。

本を読む習慣がない人に、いきなり「自分が読んだ一〇〇〇冊の本に囲まれて生きてみよう」と言っても、「無理だ」と感じてしまうかもしれません。でも、読書の楽しみを知り、出会った一冊一冊から素晴らしい経験を手にすることができれば、いつの間にかそこに辿り着いているものです。

人生を変えるほど
感動する本と出会う旅に出よう！
まずは一冊から

2 本との出会いの数だけ幸せも増える

生活の中でのお風呂の重要度は、結構高いものです。それと同じ必要性を【心のお風呂】、つまり【書斎】にも感じるべきです。部屋を借りるときには、身体の汚れを落とすための「お風呂」と、心の汚れを落とすための【書斎】の両方があったほうがいい。

もちろん、自分で家を造るときにも同じです。家の設計をする際に、お風呂を作らない人はいないでしょう。それと同じくらいの必要性を、僕は【書斎】にも感じています。

今の家に【書斎】となる部屋がない人でも、「ミニライブラリー」から始めることならできるでしょう。まずは小さな棚を用意して、一〇冊くらいを収めるのです。本が増えていったとしても、一〇〇冊くらいの本を入れる本棚を購入して、場所を確保することなら、今の家でもきっとできるはずです。まずは、そこからです。

田舎から都会に出てきて一人暮らしを始める若者は、ワンルームに住むことも少なくありません。

空っぽの一つの部屋に必要なものを順番に詰めて、自分の生活スペースを作ることを想像してみます。まずは何を部屋に入れるでしょうか。まず最初に、寝具。ベッドにしても布団にしても、寝るための道具は必要ですね。次は？　その次は？

こうして順を追って考えていくと、人によって多少の違いはあれ、テレビやパソコン、ソファにテーブルといった娯楽環境を整えるためのものが、比較的早い段階で出てくるのではないでしょうか。

つまり、「くつろぐための部屋」兼「遊ぶための部屋」です。一部屋しかないので、いろいろな役割を詰め込むのは仕方のないことかもしれません。しかし、テレビやパソコン、ゲームなどを入れる前に、本と本棚、学習のための机を部屋に入れたら、その後の人生は大きく変わるはずなのです。

一つしか部屋がないのであれば、寝室兼書斎にする。くつろいだり遊ぶための部屋は、二つの部屋が持てるようになったら作る——。僕は、これでも遅くないように思います。このほうが、娯楽部屋を先に作っておいて、二つ部屋が持てるようになったら書斎を作ると考えて生きている人より、「二つの部屋が持てるようになる状態」の実現がはるかに早いのは明らかです。

一〇〇冊くらいの本を収納する場所は、工夫次第でワンルームでも作れるとは思います。しかし、一〇〇〇冊となるとそれ専用の部屋が一つ必要です。つまり、【心のお風呂】としての【書斎】を作ろうとするなら、今の家に一部屋多く作ることになります。

そのためには、引っ越しやリフォーム、別荘の購入や近所に一つ部屋を借りるなど、少なからず費用も必要になります。それでも、【書斎】を作る価値はあります。

　昔から、たくさんの富を手に入れた人の家には、書斎がありました。そこに並んでいる本は、どうやってやってくるのでしょうか。

「たくさんの富を手に入れた結果、お金ができた。だから本を手に入れることができるようになり、読みもしない本を、他の成功者の真似《まね》をして並べている」――、そんな人が果たしているでしょうか。一部の見栄《みえ》っ張りはそうするかもしれませんが、ほとんどの書斎を持つ成功者は、逆だと考えるのが自然です。

　つまり、こういうことです。

・富を手に入れる前からたくさんの本を読み、本から学んだことを実践し続けたから成功者になった。
・富を手に入れたとき、自らを現在に導いてくれた本といつでも出会いたいと願い、屋敷の中に書斎をつくった。

成功したから書斎を作ったのではなく、書斎が必要なほどたくさんの素晴らしい本と出会ったからこそ成功した、と考えるほうが自然です。

　どれだけ成功して裕福になっても、本を読む習慣のない人は、自宅に書斎などは作りません。それぐらいなら、カウンターバー付きのビリヤードルームか大画面のシアタールームなどの部屋を作ることでしょう。

「人生が変わるような本」と出会い続ける毎日は、幸せです。それが一〇〇冊を超えてくると、置く場所に困るようになってきます。それでも、気にせず出会い続けていきます。

二〇〇冊、五〇〇冊と本の数が増えるに従って、精神的にも人間的にも大きく成長している自分と出会うことになります。本とは無縁の生き方をしていた頃には考えられなかった、出会いやご縁、勇気やアイデア、それにチャンスや奇跡が、自らの人生でどんどん増えていくのを目の当たりにするはずです。

本との出会いが増えるほどに、自分の才能や可能性に気づき、驚くはずです。そして、「私は、これをやるためにこの世に生を受けた」という生きる目的も、確信できるようになるでしょう。

せっかく生まれてきたのです。

自分の可能性にビックリして、一生を終えたいじゃないですか。

【書斎】のある暮らしは、そんな素敵な人生を、提供してくれます。

読書は人生を豊かにする投資である

3 書斎を自分だけの聖域にする

読書の用途による使い分けは、これからますます進むでしょう。海外旅行などに行くときは、電子書籍は確かに便利です。一つの端末に旅行先で読みたい本すべてを入れて、持っていくことができるわけですから――。

ですから今の理想は、「気に入った本は、紙でもデータでも持つ」ということになるでしょうか。そのうち紙の本を買ったら、データがダウンロードできるのが当たり前の世の中になるのかもしれません。

それでもやはり僕は、紙の本でなければ得られない利点を求めています。結果として、紙の本を買い、重たい思いをしながら、たくさんの本を抱えて旅行に出かけています。

そこには、紙の本にしかつくり出すことができない最大の魅力があるからです。【書斎】という空間が生み出す雰囲気の力です。この力があるから、【書斎】は【心のお風呂】となり、そこにいるだけで、一日の心の汚れを落とし、自分の志、生きる目的を思い出させてくれる場所になるのです。

この効果を電子書籍で得ることは、今のところできません。

【書斎】に座っていると、自分が読んだ本たちが、自分の魂に語りかけてきます。

棚に並んだ閉じられた本の向こうには、一冊ずつ、それぞれ別の世界が広がっています。

たくさんの志ある人の人生がその中には綴られています。

背表紙を眺めているだけで、自らの魂に問いがやってきます。

「お前は、どう生きる?」

そのたびに、僕はハッとします。自分の人生を何に使うと決めたかを、思い出すことができるのです。

圧倒的な数の本たちが、背表紙を通して語りかけてくる【書斎】という空間は、ほかでは得がたい効果を生んでくれるものです。

それでも、「本なんて読まなくても、俺は成功できる!」と思いますか?

そんな、才能と自信にあふれた人、もしくは、読書の習慣はないけれどすでに何かで成功している人に、一つ考えてほしいことがあるのです。

それは、本を読んでいないから、その程度の成功なのではないか、ということです。

確かに素晴らしい才能があるのかもしれませんが、そんなあなたが本を読んでいたら、そんなものではなかったのかもしれないのです。

どんなにうまくいっている人も、時としてやってくる絶望と闘う勇気を維持する必要があります。絶望ほど大きくはなくても、毎日生きていれば、小さな不安や多くの悩みが絶えずやってきます。

生きているだけで受け取ってしまう心を汚す出来事や言葉を、きれいさっぱり流してくれる場所は、あなたが幸せに生き続けるために人生においてかけがえのない聖域となることでしょう。

書斎で自分の魂と向き合うたびに新しい自分に生まれ変わる

第

2

の扉

「人生の方針」は書斎で見つかる

4

人生を決めるのは「才能」ではなく「習慣」

「本来《ほんらい》無《む》一物《いちもつ》」「無《む》一物《いちもつ》中《ちゅう》無《む》尽蔵《じんぞう》」という禅の言葉があります。

人間はもともと、何も持たずに裸で生まれてきます。

この本を読んでいる今、あなたの周りを見回してみてください。目に飛び込んでくるものすべてが、あなたがこの世にやってきてから手に入れたものばかりです。持ってきたものなど一つもありません。

すべての人は何も持たずに生まれてきます。自分の能力を使って、「生きるために必要なもの」から「よりよく生きるためのもの」まで、「たくさんのもの」を手に入れて生きています。

そして、人が「手にするもの」には、決して小さくない差があります。

その違いを生み出しているのは何でしょうか。

ほとんどの人たちは、「生まれた環境と持って生まれた才能によって、『手にするもの』が決まっている」、そう思い込もうとしています。

「よく考えれば、そうではない」ということが、心の奥底ではわかっています。

でも、自分の責任ではなく別の何かの責任にしておけば、自分が傷つかなくてすみます。ですから、あまりじっくりと考えないようにしている、ということなのです。

生まれた環境が「手に入れるもの」の質や量を決定していないことは、多くの伝記を読んでみればわかります。貧しく恵まれない環境に生まれた人の、子どもの頃の貴重な体験が、将来の大きな活躍につながっている、ということに気づかされます。

むしろ裕福な家庭に生まれたばかりに、様々な経験を幼少期にできず、人生を台無しにする人はたくさんいるはずです。

もちろん、貧しい家庭に生まれて一生苦しい生活を強いられたり、裕福な家庭に生まれて一生豊かな暮らしをする人もいます。生まれた環境が「手に入れるもの」をそのまま決めている人がいるのも、また事実です。

つまり、生まれた環境は、人生で「手に入れるもの」に影響を与えているが、それが良い影響か、悪い影響かを決めることはできない、ということです。

自分が置かれている環境を恨めしく思ったり、他人の置かれている環境を羨ましく思ったりするときは、それによって今後の人生が決まるわけではないことを、思い出さなければなりません。

自分と同じ環境に置かれた人は、どんな人でも人生で成功することなどできない、と言い切ることなどできないのです。

そんなときに考えるべきは、自分より恵まれない環境からスタートしても、自分より多くのものを人生で手に入れる人はいないと言い切れるか、ということです。その自問に対して出てくる答えは「きっといる」になるはずです。

人生を決めるのが置かれた環境でないとすれば、才能ということになるかもしれません。確かに、あらゆる分野で、人より秀でた才能を持つ人は存在します。ですから、「自分が人生で成功できないのは、自分には才能がないからだ」と決めてしまえば、楽になれるのかもしれません。

しかしやはり、**「人生で『手に入れるもの』は才能によっても決まらない」**。

これは明らかです。才能に恵まれながらも、その才能を生かしきれずに終わる人生がたくさんあります。素晴らしい才能を持っていたのに、間違った使い方をして不幸な人生を送る人もいます。

スポーツの世界でも、ものすごく秀でた才能を持ち、若い頃に成功したからといって、その才能だけを頼りに生きていくことはできません。残念なことですが、晩年に若い頃の名声を汚すといった人も少なくないのが現状です。素晴らしい才能が、素晴らしい人生を保証するとは限らないのです。

つまり、人が人生で「手に入れるもの」は、生まれた環境からでも、持って生まれた才能からでもなく、別のもので決まっているということです。

それは習慣です。

素晴らしい才能が素晴らしい結果を引き寄せるとは限りませんが、**素晴らしい習慣が素晴らしい結果を引き寄せる**ことは、どの時代のどの国にでも成立する真理です。

僕たちが、自らの人生を素晴らしいものにするために頼むべきは、生まれついた環境や持って生まれた才能といった、自分の努力では何ともできないものではありません。

素晴らしい習慣こそが、自分の今日の行動を変え、人生を素晴らしいものにするのです。

習慣が人を磨く
どんな人でも磨けば素敵な人になる

5 読書習慣で人生は劇的に変わる

人生で「手に入れるもの」は、才能ではなく習慣で決まるとしたら、素晴らしい習慣とは何か、ということになります。もちろんそれは、一つに限定されるようなものではありません。たくさんのよい習慣があります。

しかし、読書の習慣は、いま最も大切にされていない最も大切な習慣だと思います。

「読書の習慣がある会社員」と「読書の習慣がない会社員」では、知識の量、考え方の幅、人の心を理解する能力が大きく違います。自分の気持ちをリセットする能力や、「自分の機嫌は自分で取る」という自己管理能力も大きく違ってきます。これらが違うということは、目の前の人を喜ばせる能力が違うということです。つまり、出会う人を幸せにする能力が大きく違うことになります。

「読書の習慣がある人生」と「読書の習慣がない人生」では、人生で「手に入れるもの」に大きな違いが生まれ、その経験にも大きな差が生まれます。人生の深みや喜び、それらを感じる心の豊かさにも大きな差が生まれます。そればかりか、関わる人すべての幸福にも大きな影響を与えることになります。

この真理はすべての職業、すべての立場の人に当てはまります。

「読書の習慣がある○○と、ない○○とでは、人生において感じ取る幸せに大きな開きがあると同時に、周りの人を幸せにする能力も、受け取る報酬も大きく異なる」

この「○○」の中には、何を入れてもいいわけです。公務員、先生、アルバイター、大工、美容師、母親、学生、受験生、サッカー選手、隣人、医者、患者、役者、日本人……。

そして、この読書習慣の真理をよくわかっている人たちがいます。それは、企業の経営者たちです。

企業の経営者たちは、読書の習慣を必ず持っています。初めから読書を習慣としている人もいますが、読書の習慣がなかった人も、経営を続けるに従って本を読むようになります。そうしなければ、自分の会社を成長させることも社員の人生を守ることもできないことを、よくわかっているからです。

つまり経営者は、「どっちかというと、読んだほうがいいね」という感覚ではなく、「いい本と出会いたい」という積極的な姿勢で本を読んでいるのです。

読書の習慣がない経営者が経営する会社は、社会の変化に対応できず、長続きしません。それでは、社員や家族、顧客を幸せにすることができません。また、大きな企業になればなるほど、背負っている人生の数が多くなります。そのすべての人たちを幸せにするための舵取りは、想像もつかないほどの大きなストレスを経営者に与えます。

時には押しつぶされそうになるそのストレスを、はね除《の》けるだけの強さを持っていなければ、経営者にはなれません。常に、心を強く、明るく、美しくしておく必要性に、経営者は駆られています。

ですから、大きな会社の経営者になればなるほど、ライブラリーを持っています。

彼らは毎日、【心のお風呂】に入ることによって、一日のストレスをリセットし、自分の役割を再確認し、日々新しい気持ちで経営にあたっているのです。そしてこの習慣があるからこそ、大きな重圧に耐えて、経営という仕事を続けることができるのです。

どれほどのカリスマ経営者でも、自分一人の経験則と感覚で会社を経営することはできません。ある時代のある状況において、瞬間的に成長することはできるかもしれません。しかし、その方法で社員の一生を支えることなどはできません。

なぜなら、社会の移り変わりは激しく、自分一人の経験や感覚から生まれる一つの方法論や考え方で成功を収めても、すぐにそれでは通用しない日がやってくるからです。

地球の歴史で見ても、人間のように走るのも遅く、爪も柔らかく、牙も、腕力もない生き物が生き残り、大繁栄を遂げたわけです。が、それは強かったからでも、賢かったからでもなく、変化することができたからだ、という考え方を「進化論」で有名なダーウィンも示したといわれています。

ビジネスの世界でも、生き残る会社は強い会社でも賢い会社でもなく、自説に固執せず、時代と共に学び、変わり続けることができる会社だと言えます。

そのためには、「本なんて読まなくても、成功できる！」などと言い切ってしまうのではなく、「本をたくさん読んで、変わり続けなければ」と自らを戒め続ける感覚が、たくさんの命をあずかる者としては当然必要です。

時代の荒波を乗り越えてきた会社の経営者たちは、そのことを知っています。社員の幸せを本気で考える経営者なら、「自分の読書習慣で少しでも社員の幸せが保証されるなら、本を読まないわけがない」という感覚を、当然として持っているわけです。

つまり、「社長室には様々な本が並んでいる」というイメージは、必然が生み出した光景と言えます。

読書によって進化したあなたは今とは別人のような活躍をするようになる

6 読書で「人生の夢」が見えてくる

「夢を持とう」「夢を叶《かな》えよう」

こう言われて子どもたちは育ちます。

卒業文集には、子どもたちが語る「将来なりたいもの」が並びます。

学校の先生、プロ野球選手、ダンサー、お医者さん、看護師、国連の職員……。それを見てもわかるように、ほとんどの子どもたちにとって、「夢を持つこと＝将来就きたい職業を選ぶ」ことです。

後に希望どおりの職業に就いた人を見て「夢が叶ったね」と大人たちも言っているわけですから、大人にとっても「夢を持つこと＝就きたい職業を選ぶ」ことなのかもしれません。

でも、どんな職業も、その職に就くだけで幸せになれるものなどありません。「幸せな学校の先生」もいれば、「不幸せな学校の先生」もいるのです。

本来、夢とは、叶えたら必ず幸せになれるもののはずです。

ところが、職業を夢にしても、叶えたところで幸せになれるかどうかがわかりません。「ある職業に就く」という夢は、「目標」でしかないからです。

本来は、「目標」を定める前に「目的」があるはずです。「目的」とは、**「自分はどんな人間になりたいのか。そのために、自分の人生を何に使うと決めるのか」**という本質的な問いに対する答えです。

具体的な目標よりも前に、その土台となる人生の目的を自分で持っていないと、人生に対する不安ばかりが増えていきます。目標を達成すればするほど不幸になるというようなことも、起こったりします。

「何をするのか」よりも先に「どんな人間になるのか」。このことが決まっているかどうかで、幸せになれるかどうかも決まるのです。

「自分の生きる目的」のことを「志」と言います。

「志を立てて以て万物の源と為《な》す」という吉田松陰の教えどおり、まず最初に志があって、その志を果たすために何をするかと考える。つまり目標を決める。そうすることで初めて、「夢や目標を達成する人生」が「幸せの人生」に結びついていきます。

志をすっ飛ばして、「将来何になりたいの?」と子どもに問い続けると、子どもは夢を追うほどに自分の心の軸と行動がズレてしまい、不幸になる可能性さえあります。

例えば、「僕は、自分の人生を誰かを笑顔にすることに使う」と決めることだって、立派な志です。

志が決まると、「じゃあ、どうやって笑顔にしよう」と、方法を考えるようになります。そこで、自分がやりたいことのなかで、たくさんの人を笑顔にできそうな職業を将来の目標とします。「出会った人を笑顔にするために、弁護士になろう」というように決まってくるわけです。

「人生の目的（志）」があって初めて、「目標」がつくられるのです。

志がない人が「弁護士になる」という目標設定をすると、達成するための手段を選ばなくなります。目の前にやってくる出会いや経験も、効率的に目標達成できるかできないかだけで取捨選択してしまうようになります。

結果的に、出会った人や周りの人たちを、苦しめたり、泣き顔にしたり、怒らせたりしながら、弁護士という目標を達成することだってあり得ます。

一方で、**志がある人にとっては、目標達成までに出会うすべての出来事、人との出会いが、自分を磨く砥石**です。出会った人を笑顔にするために弁護士になるという目標を定めたのです。ですから、目標までの道のりで出会った人たちのことも、笑顔にするように努めるはずです。

このようにして、目標までの道のりも、目標を達成した後も、自分の志を果たし続ける「幸せな生き方」ができるというわけです。

「私は、自分の人生を、人の命を救うことに使う」と志を立てた人が目標とするのは、「医者」という場合が多いでしょうが、医者という目標を達成できなくとも、薬の研究開発で人の命を救うこともできるでしょうし、消防士として人の命を救うことだってできるでしょう。救急車の運転手として人の命を救うことだってできます。

自分の人生の「目的」「志」が決まっていれば、たとえ「目標」が変わっても、「自分なんて意味がない」などと、自分を卑下することはありません。

一方で、志はないけれど「医者になるのが夢だ」という人は、「自分が儲かる」という私利私欲のためだけに夢を目指すかもしれません。

そういう人は、目標に手が届かなかったときに、自分の人生に意味を見いだせなくなってしまうこともあります。たとえ医者になれたとしても、志がないようでは、患者の幸せより自分の儲けを優先するようになったりして、患者さんから感謝されるようないい医者にはなれず、「幸せな医者」とは程遠い人生を歩むことになるでしょう。

志があれば、人生で出会う、どんな出来事も、自分を磨く砥石になります。

志がなければ、人生で出会う出来事を、いるものといらないものとに分け、無駄だと感じるものを切り捨てていくようになります。

この違いは、一人の人生を、まったく別のものにする大きな違いを生み出します。

いい本との出会いには、自分の人生を何に使うべきかを自覚させる力があります。

つまり、本を読む習慣が身につくと、自然と「志」が持てるようになります。読書は、「人生の目的」を強く自分の中に固持するために、最良の習慣と言えます。
いや、本にしかその力はないと言ってもいいかもしれません。

志があると、どんなことでも楽しい
志があると、どんなことでも学びになる

第3の扉

書斎で裸の自分と語り合う

7

他人《ひと》との違いを恐れない勇気は本が教えてくれる

僕たちは子どもの頃から「本を読め」と言われて育ちます。ですから、「何となく読んだほうがいいんだろう」と思ってはいます。ただ、「読め」と言う側の大人も「なぜ」かを明確に理解していないので、言われる子どものほうも当然、「どうしても読まなければならない」とまでは思えていません。

ですから、家に帰ると大人も子どももテレビを見て時間を過ごします。電車の中でも読書ではなく携帯電話やスマホでゲームをして時間を浪費します。

「本を読まなければ」と思っている人でも、時間がないことを理由に、読書の時間をとろうとしません。

受験生は「受験勉強で忙しいから、本を読む暇はない」と言い、母親は「家事で忙しいから、本を読む暇はない」と言います。ところが前述したように、成長している起業の経営者だって仕事で忙しいはずですが、しっかりと本を読む時間をとっています。読書をしなければ、人を幸せにすることなどできないと知っているからです。

テレビやゲームで、心の奥底にたまった不安や心配をなくすことはできません。見ている間だけ、やっている間だけ、不安や心配を脇に置いておくことができるだけです。電源を消したとたん、不安や心配事はよみがえってきますから、テレビをつけっぱなしにして眠くなるのを待つ。必要ならお酒の力も借りる。落ちるように寝て、誰かにテレビのスイッチを切ってもらい、毛布を掛けてもらう――。

たまにはそんな夜を過ごすのもいいかもしれません。でも、それが毎日では、この習慣によって「手に入るもの」といえば……想像するとわかると思います。「人生で手に入るもの」は習慣が決めているのですから。

テレビやゲームやお酒に逃げても、将来への不安や心配はなくなりません。

不安や心配を取り除くためには、【心のお風呂】である【書斎】に入り、心を強くしたり、勇気をくれるような本を読んだほうがいい――、こういう過ごし方のほうが、一日の疲れが癒されることを知っている人はそうします。

読書の習慣がない人は「本なんて読まなくても、生きていける」と思っています。

確かに、生きていくことだけが目標ならば、テレビやゲームなどで不安や心配事を忘れるという方法でもいいのかもしれません。

しかし、「幸せに生きる」「よりよい人生を生きる」「家族を幸せにする」ことが目標なら、読書の習慣は不可欠です。どんな職業のどんなお父さんであれ、「読書の習慣があるお父さん」と

「読書の習慣がないお父さん」では、「幸せにする」と誓った妻や、生まれたときに「幸せにしてやろう」と涙した子どもの人生に与える影響が変わらないということはあり得ないのです。

それでも、今日も、帰ってきたらテレビの前でビールを片手に「本なんて読まなくても大丈夫だ」となぜだかみんな安心しきっています。その安心感はどこからくるかというと、「みんなそうしている」「みんなと同じだから」という理由からなのでしょう。

「趣味は読書です」と言う人に対して多くの人が抱くイメージは、「常識人」かもしれません。ところが、実際にはそうではありません。それどころか、とんでもない「非常識人」だったりします。「変人」と言ったほうがいいかもしれません。

現代の「常識人」は、朝から晩までテレビを見ているような人たちです。大多数の人がそういう生き方をしていますから、今の常識はテレビでつくられています。ですから、誰かが付き合ったとか別れたとか、そういうゴシップ話で盛り上がります。ニュース番組の司会者のように、自分の正義を鋭く相手にぶつけ、はやりのお笑い芸人のようなしゃべり方をするのが常識です。

つまり、「読書の習慣を持ちましょう」というのは、「立派な常識人になりましょう」と言っているわけではありません。むしろ「立派な変人になりましょう」と言っているわけです。

言ってみれば、「変人のすすめ」です。

常識などというものは、誰かがつくり出した空想です。「常識人」など、実は一人としていないのです。すべての人が、誰とも違う常識を持って生きているのです。

歴史を振り返ってみても、テレビや新聞など一つのメディアが強大な力を持ち、世の中の常識をつくるようになると、その常識とは違う考え方は否定され、非難され、受け入れられなくなります。ただ一つの常識以外は許されないような風潮が出来上がっていきます。

そんな世の中の雰囲気の中で生活していると、「人と違う」ことを恐れるようになり、「違った考えを持つ人」を非難するようになります。自分らしさを押し殺して、世間の常識と言われる誰かがつくり出したスタンダードに合わせるようになっていきます。

「常識に合わせて我慢して生きている人たち」は、「我慢しないで生きている人たち」に対する受容力を欠き、「自分たちとは違う常識は許せない」という思いを生みます。やがては民族間の対立や戦争といった、どうすることもできない大きなうねりに集約されていきます。

「戦争は嫌だ」という思いだけで、戦争を止めることはできません。

「我々と考え方が違うのは許せない」という思いが、争いを生んでいるのです。

このことに気づき、誰かがつくり出した常識に縛られない生き方を貫き始めたときに、人の個性は開花し、爆発し、拡散し、人々を幸せに導く存在となります。

そのことを教えてくれるのも本です。

例えば、伝記に残るような偉人たちは、それぞれの時代の常識に縛られずに生きた人たちです。いわば、その時代の「変人」たちです。

そんな偉人たちの生涯がわかる本に出会うと、「人とは違う自分を恐れず、自分の好きなこと、やりたいこと、よいと思うことを実行し続ける勇気がいかに大切か」を、教えてもらえます。

どんな時代でも「みんなと同じ」であることが、「いかに人生の本質や真理から離れているか」を知ることができます。「世間の常識なんて、たった一人の偉人の存在で、ある日突然変わってしまう」こともわかります。

それがわかると、世間の常識に合わせて神経をすり減らして生きるより、「世間から非常識と思われようとも、自分の信念を貫き通して生きること」こそが、自分の生まれた意味を感じられることに気づきます。

極端かもしれませんが、自分の信念を貫く生き方をするようになって初めて、僕たちは本当の意味で社会の一員になったと言えるのかもしれません。

「みんなと同じ」を目指す社会は、「違い」を受け入れることを拒む社会でもあるわけです。人がつくった常識に合わせることに一生懸命な人は、そうでない人、つまり常識から外れている人を受け入れられず、非難します。「みなが同じ常識の中で生きる社会」は、「違いを受け入れられない社会」です。

さらに、自分がちょっと変な人であるという自覚は、自分とは違う人を受け入れる下地になります。

「変人と思われてもいい、常識外れと思われてもいい、自分は自分のやれることで、世の中の幸せに貢献する」

このような信念を持ち、世間の常識から外れて生きる勇気を持つことで初めて、自分と同じように、常識とは違う考え方を持つ人を理解できるようになるわけです。

読書は、常識的な感覚を持つためにするのではありません。

むしろ、**「自分らしく生き切る勇気」**をもらうためにするのです。

「変人」になる勇気が
自分らしい人生を始める第一歩

8 読書はイメージの冒険である

「月」という言葉があります。この言葉から感じることとは、月についての知識や経験がどれだけあるかによって変わってきます。

ある小説の中で、主人公が子どもと遅い夕飯の買い物をして、帰り途に月が見えたとします。

「きれいな半月だね」

こう子どもが言うシーンがあったとする。

中学生程度の理科的知識がある読者は、それが上弦の月であり、左ではなく右半分が光っている月だということを想像し、頭に描きます。しかも、だいたい南の空に見えていることも想像します。頭の中には、地球と太陽と月とを俯瞰《ふかん》している天球図が浮かんでいるかもしれません。

また、物理的な知識がある人は、主人公と子どもが見ている月は一秒前の光であることに思いを馳《は》せているかもしれません。古典的な知識がある人は、上弦の月は旧暦でいえば七日頃ですから、「昔でいうと七日か……」と感じているかもしれませんし、半月の船に乗って天の川を渡る彦星の姿をイメージしていた古代の人の想像力に思いを馳せているかもしれません。宇宙開発に興味がある人は、光っている月のどの部分にアポロ11号が着陸したのかを思い、娘が結婚して家が寂しくなった老夫婦は、娘が子どもの頃に一緒に作った月見団子を思い出しているかもしれない……。

その一方で、なんの想像すらできない人もいます。

「同じものを見て、感じるものが大きく違う」ということは、人生で「同じようなことが起きても、感じることに大きな開きがある」ことを意味しています。「知識が豊富な自分」と「知識が豊富でない自分」では、まるで違う世界を見ながら生きることになるのです。

人生という同じ旅路を歩いて行くのであれば、真っ白くただ真っすぐな廊下を目標に向かって歩き続けるよりも、知識という森の中をいろいろな景色や風、暖かさや匂いを楽しみながら歩き続けたほうが、幸せな人生になると思うのです。

小説の世界を楽しむことも、「自分だけしか知らない世界」を見てきたくらい刺激的な体験です。

同じ小説でも十万人が読むと、十万人すべてが頭の中に違うイメージで世界をつくり出し、その中で物語を展開させ、自分の擬似経験として記憶します。小説が映画化されることがありますが、同じ映画を十万人が見ると、作り出された一つの映像世界を全員が見ます。

世界中にはたくさんの人がいますが、「自分一人だけしか行ったことがない世界」を持っているという体験は、貴重だと思いませんか。その経験はその人の財産となります。同時に個性の礎となるはずです。

一冊の小説を読むということは、「自分だけしか行ったことがない世界を一つ持つことと同じくらいの貴重な経験」を読者に与えてくれます。

この経験を積み重ねていくと、想像力がどんどん豊かになります。小説を読んで頭の中にイメージする風景や人物像が、どんどん具体的になり、はっきりしていきます。

自分だけしか想像したことがない世界をたくさん持っている人は、そうでない人に比べて、たくさんの世界を知っていることになるのです。

このように、小説や自然科学などの知識を深めてくれる本も人生を豊かにしてくれます。

人間の一生は、要約すると「生まれて、生きて、死ぬ」ということになります。これだけはすべての人間に共通しています。しかし、その間に経験することは、一人として同じではありません。すべての人が、「人とは違う人生」を生きるのです。

どんな経験をする人生にするのか。

これは、自分で選べる部分と、選べない部分があります。どの時代、どの国、どの地域、誰の子どもとして生まれるかなどは選びようがありません。しかし、今の時代に生きる我々は、多くのことを自分で選べる人生を与えられています。

生まれてから、死ぬまで。たった一度きりの人生という旅路では、できる限りたくさんのことを経験して、いろいろな景色や感動を味わったほうがいい——。僕はそう思います。

自分の知っている世界が広くて深いほど、同じものを見ても広く深く感じられるようになっていきます。広く感じる。深く感じる。これが人生の旅路では、一番の楽しみだと言えます。

読書は、自分の世界を広く、深くしてくれます。一つの事柄に対していくつもの世界があることを見せてくれるのもまた、読書です。

読書の習慣によって、人生に起こる変化は劇的です。僕は、人生に劇的な変化を与えてくれる本が好きです。もちろん、よい変化です。

人間の心が変われば、世界はこうも美しく見えるのか……、と驚くこともしばしばあります。

これこそが一冊の本の力です。

僕にとって「いい本」とは、読む前と読んだ後で、目の前の景色が違って見えたり、世界が美しく見えたり、新たな価値観をくれたり、心を強くしてくれたり、自分の可能性に気づかせてくれたり、新しい世界を見せてくれたり、人に対して優しくなれたり、人間の素晴らしさを教えてもらえたり、今まで気づいていなかった幸せに気づかせてくれたり、未来は明るいと感じさせてくれたり、自分の人生を何に使うべきか教えてくれたり、自分の内側からやりたいことがあふれてくる……そんな本です。

一言で表現するのは難しいですが、自分は今よりも、強くなれる、明るくなれる、美しくなれる。未来に希望が持てる……。そんな気にさせてくれる本が好きです。刊行時期が古い、新しいということや、ジャンルを問わず、そんな本と出会えたときは本当に幸せです。

いい本に出会うと、その本を読んだ後では読む前とは違った世界を生きることになります。世界は変わっていないのかもしれませんが、自分が世界を見る見方や角度、自分の価値観が変わるのです。

私たちの心には無限の広がりがある

9 読書で感性が磨かれる

今や、スマートフォンや電子書籍端末などが普及し、一度にたくさんの本を持ち歩くことができる世の中になりました。

もはや「一生で読み切れないほどの本が、この端末ひとつに入っています！」という商品が売られる時代です。そのうち、「世界中のすべての本が、この端末から閲覧できます」などという時代だって、やってきそうです。

このような時代に、紙の本をたくさん読むということは、時代遅れと思われるかもしれません。保管スペースや持ち歩く不便さを考えると、非効率だと思われるかもしれません。それでも、**紙の本にしかできないことがたくさんあります。**

試しに、一冊の本を電子書籍と紙の本の両方で読んでみてください。書かれている情報は同じでも、そこから得られる経験はまるで別だということに気づきます。

雰囲気のいいバーで、身だしなみを整えたバーテンダーが、高級なグラスに透明度の高い大きな丸い氷を入れてくれたお酒を、生演奏のピアノに耳を傾けながら飲む。

同じお酒を、片付いていない自分の部屋で、紙コップに入れて、隣の住人がかけている音楽が壁を通して聞こえてくるような環境で飲んだら、美味《おい》しさは同じになるでしょうか。

人間は、五感を使って生きているのです。

「お酒を飲む」という極めて味覚に頼りがちなことでさえ、視覚、聴覚、触覚、嗅覚といった様々な刺激の複合体として経験しています。だから、同じものを飲んでも五感から得られる情報が違えば、美味しさに違いを感じます。

同じように、読書も無意識のうちに様々な感覚を同時に使って行っています。

本文の余白によって本の印象はがらりと変わりますが、その余白も一冊ずつ異なります。行間の広さ狭さや、フォントによっても印象はまったく違うものになります。紙の手触りも、その本特有の刺激として無意識のうちに記憶の中に取り込まれます。

そして、物語の中の高揚感からだけでなく、手元の本の厚みからも、物語の高揚感を僕たちは無意識のうちに感じているのです。

例えば二〇〇ページの薄い文庫版の物語を読んでいるときと、厚さが四センチもあるような七〇〇ページの重い単行本を読んでいるときでは、手に伝わっている重量感が違います。そのとき、読む者の心がまったく同じでいられるわけがないのです。これが電子書籍となると、手から伝わってくる情報が同じなので、この違いが生まれません。

紙の本をめくって物語を読んでいると、左右に残った紙の分量で、今、自分が物語のどのあたりにいるのかを感じ取っています。

残りのページ数が少なくなり、手に残った紙の量が全体の十分の一くらいになると、僕たちは物語の盛り上がりとは違う興奮を感じながら読んでいます。「もうすぐ、終わってしまう」「そろそろラストだ」という情報を、手から受け取りながら読んでいるわけです。

電子書籍では、今自分が全体のどのあたりを読んでいるかを、直感的にとらえることもできません。

五感からの情報を豊富に受け取りながら、本を読んで欲しいのです。

インターネット上のニュースと同じような文字情報で読書をするのではなく、バーでお酒を飲むような上質な経験として、本に向き合うのです。

なぜなら、一冊の本は著者にとって人生の集大成であるだけでなく、編集者にとっても、出版社にとっても、それまでの経験の集大成と言えるわけです。

「今度の本は、今まで出した中ではいまいちな感じで仕上げよう」という思いでつくられた本などありません。

すべての本は、関わる人たちが経験を駆使して、一番読みやすい紙質、書体、余白、デザイン……を必死で考えてつくられているのです。

一冊の本に関わるたくさんの職人たちのこだわりを味わわず、「文字データとして内容は一緒だから」という読み方しかしないのは、とてももったいないことです。

感じ方次第で
何事もない一日も
夢のような一日に変わる

第4の扉

読書で「運命の人」と出会える

10

「応援してくれる人」は本の中であなたをずっと待っている

人生は、「幸と不幸」「喜びと悲しみ」「成功と挫折」が交互にやってくる「振り子」のようなものです。

自分にとって都合がいい「幸せ」「喜び」「成功」だけを受け取り続ける人生などありません。どちらか一方だけに大きく振れる「振り子」もありません。右に振れれば同じ幅だけ左に振れます。左右の振れ幅は基本的に同じです。すべての人は、振り子のようにあっちとこっちに振られることを繰り返して生きているのです。

人間が「今よりも幸せになりたい」と願うのはとても自然な欲求です。それを叶えるために、夢や目標を自ら掲げます。

毎年、プロ野球のドラフト会議が行われます。あの場で選ばれた選手のほとんどが、それまでの人生でもっとも幸せで、喜びにあふれ、夢を実現した瞬間だと感じていることでしょう。しかし、「振り子」は逆にも振れます。実際にプロ生活が始まると、苦しみ、悲しみ、挫折を、毎日のように経験することは避けられません。

夢や目標を持った人は、「夢や目標を達成できれば幸せになれる」と思って、達成に向けて頑張ります。

しかし、どれだけの時間がかかろうとも、達成するまでよりも、達成した後の人生のほうが長い場合が多いのです。人生の「振り子」は常に行ったり来たりしています。ですから、一つの夢や目標を達成するだけでは、一生を通じて幸せであり続けることはできないことがわかります。

人生は振り子と同じだと理解できると、うまくいっているときに、不意にやってくる苦しみに対する覚悟ができます。逆に、本当にダメなどん底状態のときにも、生きる力を失わずにすみます。苦しいから、つらいからこそ、もう少し生きてみようと思う力をくれるのです。

「振り子がこっち側にこれだけ大きく振れているということは、もう少しだ、もう少し我慢すれば……」、このように、未来に対して希望を持つことができます。

自分にとって都合のいいほうに振り子が振れている「得意絶頂の人」は、逆側に振れるのが恐くなってしまうかもしれません。でも、いたずらに恐れるよりも、そうなってもまた、こっち側に戻ってくるときもあるという人生の真理に身を任せたほうが、日々を幸せに生きられるはずです。

このような知恵も本が与えてくれます。

成功と挫折を繰り返しているような、**人生の振れ幅が大きい人が書く本に出会うと、「苦しい**

から、つらいからこそ、もう少し生きよう」という勇気がわいてきます。「きっと、もうちょっと。あと少しで、よくなる」と信じることができます。

今の僕たちの目の前にそびえ立つ苦しみの壁は、これまで生きてきた中で最大級のものです。ですから、恐くて、苦しくて、逃げ出したくなるのは当たり前です。でも、その壁は、これからの人生で乗り越えていく壁の中では、一番小さな壁でしかありません。

例えば、中学三年生にとって、高校入試はそれまでの人生で一番大きな壁ですが、大学入試というさらに大きな壁を前に振り返ると、「どうしてあんなに小さな壁で、あれほど余裕をなくしていたんだろう……」と思うはずです。でもそのもっと先には、大学入試という壁でさえ小さな壁に思えてしまう「将来」が待っているのです。

とはいえ、「将来の自分から見れば、今ある壁はちっぽけな壁にしか過ぎない」という見方ができる人はほとんどいません。今の苦しみは、自分史上最大の壁なのですから。

ところが、世の中にはたくさんの人がいます。自分の経験だけから見たら史上最大の壁でも、他人の経験から学べば、その壁を越えた人たちはたくさんいるのです。それどころか、もっと大きな壁に挑戦し、それを越えていった人たちであふれています。

そんな人たちに囲まれて生きていると、自分が越えようとしている壁なんて小さいと感じることができます。「大丈夫、君なら越えられる」と、大きな壁を乗り越えた人たちから、強く背中を押してもらえるのです。

だから、**できるだけたくさんの大きな壁を越えた人たちに出会ったほうがいい**に決まっています。そういう経験者たちに囲まれて生きていれば、大抵の壁は簡単に越えることができます。

こういう経験者たちは、本の中にいます。

手を伸ばし、ページをめくり、その人たちと出会う労力さえ惜しまなければ、今すぐにでも出会えるのです。

あなたを応援している人が
本の中にはたくさんいる

11 本で出会った主人公が「生きる勇気」をくれる

伝記や歴史小説などの偉人伝からは、成功法則を知ることができるだけでなく、心の内側からわいてくるようなエネルギーを、本の中から受け継ぐことができます。そこには、世間の常識を覆し、絶対無理と言われたことを可能にした人間の物語があります。

そしてすべての主人公たちが、それぞれの人生の過程で、持って生まれたマイナスこそが人生でプラスになることに気づく瞬間があります。

彼らの人生が、「危機や逆境こそが人を育てる肥やしである」ことを、「時代の荒波こそが人を世に押し上げる出来事になる」ことを、「ライバルや倒すべき敵の存在が自らを活《い》かし、成長させてくれる」ことを教えてくれます。

「苦しみこそが、のちの幸せを生み出すための原材料になっている」ことも、すべての偉人の人生で共通しています。

持って生まれたマイナスや、予期せぬ逆境、危機、時代の荒波に飲まれそうになること、ライバルや商売敵などの出現、数々の苦しみ……。過去に生きた偉人の人生に多く触れることで、人間の人生に共通してやってくるすべてを、幸せの源に変える方法を学ぶことができます。「どうして、自分ばっかり」と思っていた数々のことが、「自分ばっかり」ではなく、世の中の人すべてが抱える問題だということにも気づきます。それは自分だけにやってくるものではなく、時代を超えて普遍的に、すべての人の人生にやってくるものなのです。

「一見するとどうしようもなく不幸な出来事こそが、大きな成功への第一歩なのかもしれない」と、過去の偉人たちは本の中で教えてくれます。「捉え方次第で、人生は何とでも変えられる」ということを教えてもらえます。

最初に配られた手札が悪いからといって、一回だけの人生というゲームをあきらめた偉人なんて誰もいなかったのです。

僕たちは、過去の偉人と同じことはできませんし、する必要もありません。しかし、志を受け継ぐことはできます。彼らを突き動かしたエネルギーは、読む人の中に流れ込み、読んだ人の人生をも動かす原動力となります。

読者は本の中の偉人の志を受け継ぎ、エネルギーを受け取ることはできるのです。

「持って生まれたマイナスこそが、人生において活用すべきプラスである」ことや、「人生で遭遇する危機や逆境こそが、自分という樹を大樹に育てる肥やしである」こと、そして、「日々やってくる苦しみこそが、すべての幸せの源である」と感じることができれば、僕たちの人生は今以上に素晴らしくなり、未来は光り輝いて見えることでしょう。

「ピンチ」を、「チャンス」だと捉えた人たちの人生を描いた何冊もの本に囲まれていると、人間としての心の強さが内側からわいてくるようになります。

自分の人生に足りないものは、持って生まれたマイナスであり、危機や逆境かもしれないとすら思えるようになるかもしれません。

こういう危機や逆境をものともしない主人公たちと本の中で出会って、「自分も、そうなりたい！」と強く願った時点で、その主人公の志を受け継いだことになります。

たくさん感動できる人生がいい
そう思うと、
苦しみや困難も悪くないと思えてくる

12

「志ある人」と本で出会うと本気で生きたくなる

「自分の人生はこのためにある」
「私は、これをするために生まれてきた」
このように自分が思えるこれというものを、人生で見つけることができたとしたら、その人の人生は幸せです。

その人は、なぜ自分が生まれてきたのか、なぜ今生きているのか、これから何をして生きていけばいいのか、わかっているわけですから——。

とはいえ、「自分とは何か、何のために生まれてきたのか」という問いに答えを出すことは本当に難しく、一生かかってもわからないかもしれません。実際のところ、一人で考えていても、なかなか答えは出せないでしょう。

「自分の人生の目的を定める」、つまり「志を立てる」ために、必要欠くべからざる経験が一つあります。それは、誰かの人生に「魂が震える」経験です。

「自分もそう生きていきたい」「私もそうありたい」——。

志を立てるには、「心から感じる人」の人生に触れ、共鳴するしかありません。鳴っている音《おん》叉《さ》に別の音叉を近づけたときのように、共鳴して魂が震えれば、その人と同じエネルギーを自分の心に持つことができます。

ところが、魂が震えるほど強い志を持って生きている人とは、そうそう出会えるものではありません。今までの人生で何人の「魂が震えるほどの人」と出会ったかを数えてみると、一人もいないという方もきっと多いのではないでしょうか。

つまり、生きている間にそんな人に出会うのは稀《まれ》なことなのです。もし仮に「魂が震えるほどの人」に出会っていれば、すでに志を持ち、その志を果たすために、自分の人生を使い始めているということでしょう。

実は、そういう**「魂が震えるほどの人」たちとは本の中で簡単に出会うことができます。**

昔からそうでした。志を持って生きた本の中の偉人たちも、当時の書物の中で「志ある人の人生」に触れ、僕たちと同じように書物の偉人に魂を震わせて、自らも志ある生き方をしたのです。

志を持って生きる人は、出会う人の生き方にも大きく影響を与えます。

「自分もそうありたい」、このような憧れが、人間を動かす強力な原動力になるのです。例えば坂本龍馬が好きな人は、龍馬がやろうとしたことを今の世の中でまねることはできなくても、志を受け継ぐことはできます。

志を受け継ぐ役割の多くを本が担ってきました。それは、今も昔も変わらないと思います。ですから、本を読まない社会では、志が廃れていってしまいます。

人間の身体は食べ物でできています。食べ物が変われば、体型、体質、寿命や健康状態が変わります。同じように、入ってくる言葉が変われば、思考が変わります。出会う人が変われば、志、生きる目的が変わっていくのです。

「この生き方かっこいいいなぁ」、そう思える人たちとたくさん出会えば、自分の人生をどう使いたいかがわかるようになっていきます。魂が震える生き方がわかってきます。

読書を通して過去の「非常識な人」たち、つまり偉人たちに学べば、自分の使命を全うした生き方に心震え、自分もそうありたいと思うことでしょう。

そうなれば、人生は今より素晴らしいものになります。周りの人たちを幸せにすることもできるようになります。自分とは違う価値観の人を認められる受容力も身につきます。ひいては平和な世の中をつくる一員になっていくわけです。

このように、読書で「偉人の生き方」に魂が震えれば、一石二鳥どころか四鳥にも五鳥にもなるのです。

数少ない身近な例だけを参考にして、一度しかない自分の人生の生き様を決めるのはもったいないことです。

本の中には、世界中の、いろいろな時代の、すごい人たちの生き様があります。

彼らの生き様を知ったうえで、自分の人生をどう使うかを決めれば、志も人生の目標も大きく変わります。

「自分の命を何に使って生きるのか」――。

読書によって、あなたの人生は大きく拓けていくのです。

憧れがあって初めて
自分の人生を真剣に考えられる

第5の扉

書斎で「生きる力」が磨かれる

13 本との出会いに無駄はない

僕たちは、幼い頃から「賢く生きる」ように教育されます。それも、普遍的な賢さではなく、時代や国によって違う限定的な「賢さ」です。子どもの頃に教わった「賢さ」が、大人になったら「愚かさ」になっている可能性だってある、そんな賢さです。

今は多くの人が、効率よく無駄をしないで、人よりも早く成功や富や名声を手に入れる能力を、「賢さ」だと思っています。

この考え方が当たり前になると、本人の価値観とは関係なく、周りの大人や社会の価値観で「無駄」とされることに没頭している時間は、「賢くない時間の使い方」と判断されます。

一生懸命に絵を描いている子に向かって、「そんなことやってないで勉強しなさい」と言うような場面が、それです。

やがて子どもたちは、「目標達成のためには、無駄なことに時間を費やさないのが賢い生き方だ」と考えるようになります。できる限り短い時間で最大の効果を上げる人が賢い人だ、という常識が出来上がっていきます。

でも、果たしてそうでしょうか。

「大きな川の向こう岸に渡る」という目標を立てたとしましょう。一番効率よく最短時間で必要なものを揃えるとしたら、丸太を一本切ってきて川に倒すという作業で終了します。しかし、それが本当に賢い方法だと言えるでしょうか。

誰よりも早く目標を達成するために、必要なものを揃えてはいます。しかし、その丸太橋では、渡るのに一歩一歩が命がけです。もし、足を踏み外してしまったら……という不安は、足を進めるごとに増し、景色を楽しむ余裕すらありません。

幅広の橋道で、欄干をつけて、材質も考えて……と準備していくと、橋を造るのに時間がかかります。材料を集める手間もかかります。それでも、しっかりとした橋が完成すれば、よそ見しながらでも安心して渡ることができます。「向こう岸」という目標に到達するまでの道のりを、景色を楽しみながら歩くことだってできます。自分だけではなく、後にその道を使う人たちだって安心して使え、たくさんの人を幸せにできるかもしれません。

本当の「賢さ」については、一言で結論づけるのは難しいことでしょう。しかし、できるだけ、早く、無駄なく、最高の結果を出せる能力だけが「賢さ」ではないような気がします。

一見、役に立ちそうにもない知識や経験が、人生という道を安心して歩くために必要な要素になっていることだってある、ということです。

人に本をすすめる場合にも、同じようなことが頻繁に起こります。

「この本を読んだら、いいことありますか?」

「この本を読んだら、悩みがなくなりますか?」

このようなことを聞く人がいます。聞かないまでも、心の中でそう考える人もいるかもしれません。

その人は、「いいことがないなら読まない」「悩みがなくならないなら読まない」と思っているのでしょう。ですがそれは、「不必要なことはしたくない」「無駄なことはしたくない」という考えが、心に染みついてしまっている証拠です。

必要なことしかしない生き方は、実はとても不安定な生き方です。そのように生きている人は、自分の不安定さに気づいていません。もっと言えば、今の自分の不安定さは、必要なものだけを集めて生きてきた結果かもしれません。

「今すぐ役に立つかどうか」「もっと儲かる方法はないか」だけを基準に本を選んでいると、思った以上の効果が得られず、本に対する不信感が増えていきます。不安が募るばかりになります。

即効性ばかりを期待せず、心を磨くことを一番の目的に本を選んでいくと、「これ読んだら、いいことあるかなぁ」などと考えなくなります。

読んだ本がどんな本であれ、自分の心を磨くよう役立てればいいだけです。

本の得意分野は「心を磨く」ことです。

すぐに「儲けを生み出す」ことや、人より早く「何かに成功すること」ではありません。まあ、稀にそんなことができる本もあるのかもしれませんが、得意分野ではないと僕は思っています。**本の効果は、超遅効性**なのです。遅効性であるがゆえに、どの本が人生のどの部分に役立っているのか、分析が難しいのです。

分析は難しいのですが、いい本と出会えば確実に心が磨かれます。心が磨かれれば、日々の言葉や行動、表情、態度などが変わっていきます。そういう変化が原因となり、自分に訪れる出来事に少しずつ変化が生まれます。結果として、人生に次々と素晴らしいことが起こるようになります。

心を磨けば
その人の周りにある
すべてが輝き出す

14 知っている言葉が多いほど思考も深くなる

本を読むことが好きになると、もっとたくさんの本と出会いたいと思うようになります。ところが、人生で読める本の数には限りがあります。

一週間に一冊読む人は、年間で五二冊、二十年で一〇四〇冊読めます。一日一冊読む人は、年間三六五冊ですから、二十年で七三〇〇冊。このペースで読んでも、一万冊を読むためには二十七年以上もかかります。

一方で、近年日本で一年間に出版されている新しい本の点数は七万点以上ともいわれています。日本だけでこの数ですから、世界中ということになると、考えられないほど多くの書物が出版されていることになります。つまり、僕たちが人生で読むことができる本の数は、全体の中のほんの一部でしかないということです。

そう考えると、「自分の人生に大きな影響を与えてくれる本を優先的に選んで読みたい」と考えるのは自然なことです。

では、どんな本から読むべきでしょうか。

僕は作家として、著作や講演などで本を読むことの大切さを伝えています。すると、「どんな本がおすすめですか？」と聞かれることがよくあります。

正直に申し上げると、すべての人におすすめできる本などはありません。

一人ひとりの読書力というものが違うからです。

ピアノやスキーなどで考えるとわかりやすいと思いますが、初心者が面白いと感じるレベルの課題と、熟練者が面白いと感じるレベルの課題には大きな開きがあります。読書にも同じことが言えます。本を読むことに慣れていない人にとっては、昔の文豪が書いた文学作品を面白いと感じるのは難しいかもしれませんし、本を読み慣れている人にとっては、ライトノベルの文体は面白いと思えないかもしれません。**面白いと感じる本は、一人ひとり違うのが当たり前**なのです。

ですから、「どんな本から読むべきか」という問いに対する共通の答えはありません。人によって基準が違っていいはずです。

本には様々なジャンルがありますが、それぞれのジャンルには、それぞれのよさがあり、学びがあります。

だから、まずは直感を信じて本を選びます。続けていくうちに自分の方向性が決まってきます。本を選ぶ目も、どんどん肥えていきます。様々な情報も入ってくるようになります。どんな目的で生まれた本なのか、誰のために何のために書かれた本なのかということも、感じられるようになります。そのようにして、今の自分が読むべき本と自然に出会っていけるようになります。

ただやはり、本との出会いでもバランスは大切です。

自分の好みに任せて本を選んでいると、一つのジャンルに偏ってしまいがちです。

同じジャンルの本ばかりではなく、いろいろな分野のいろいろな視点や知識が書かれた本も読む人は、人生の多くの場面で、その視点や知識に助けられることを経験するはずです。

ビジネス書ばかり読んで、そこに書いてあるノウハウを実践し続けても何の結果も出なかった経営者が、推理小説の主人公が言った一言に救われることだってあるわけです。

目の前の実利ばかりを追い求める読書よりも、感動したくて読んだ小説や、知識を深めるための専門書などのほうが、結局は役に立つということがあるわけです。

本は言葉を使って表現されていますが、言葉には主に二つの役割があります。

一つは、情報を伝えるという役割です。言葉の役割がもしこれだけだとしたら、僕たちはものすごく少ない語数だけで人生を送っているといわれています。

人生をよりよくするために重要なのは、言葉のもう一つの役割です。それは、**言葉が思考を巡らすツール**だということです。

ところが、一人が知っている言葉の数には限界があります。ですから、人間が感じ取るすべての感情に対して、それを表現する言葉が一対一で対応できているわけではありません。

自分の感情を表現する言葉が「嬉しい」「悲しい」の二つしかない人は、自分の中にわき起こる様々な感情をこの二つの言葉のどちらかに分類するしかなくなります。分類された感情は自らの思考を巡らすときにも使われます。本来ならば別の言葉で表現すべきたくさんの感情を、たった一つの言葉で表現すると、そういった刺激に対する反応や、思考のバリエーションも少なくなります。

使える言葉が少なければ、言葉、音、味わい、色、匂い、手触りなど、五感で感じる情報に対しても脳は適切な反応を出すことができません。「そんな極端な人がいるのか……」と思うかもしれませんが、結構多いような気がします。

例えば、若い人の中には「ウケる」「むかつく」の二つだけの語彙《ごい》で生きているような人もいます。

そういう人は、誰かに理不尽なことを言われたときにも、自分の努力不足で思ったような結果が出なかったときにも、好きな人に別の好きな人がいるとわかったときにも、「むかつく」というたった一つの言葉で表現してしまいます。本来であれば、違う言葉で思考すべき感情であっても、語彙がなければ一つの語彙に集約されてしまいます。すると、いろいろな感情や体験であっても、すべて反応が同じになってしまいます。

違う言葉で思考すれば、いろいろな感情や体験に対する自分の反応も一つではなくなります。しかし、思考を巡らすツールとしての語彙が少ないばかりに、ほとんど語彙能力のない幼児と同じような行動や態度になってしまいます。自分が「むかつく」と分類したすべての感情に対して、たった一つの「すねる」という反応になってしまう。そんなことがいい大人であっても起こるわけです。

僕たちが五感から受け取る刺激に対してどう反応するかは、どれだけ言葉を知っているかということと無関係ではないと思います。

そういう意味では、詩や小説などに実利がないとは言い切れません。

感情を表現する言葉にたくさん触れることで、僕たちは人生で起こる出来事に対して、より細かく思考を巡らせることができるようになります。そして、どのような態度をとるべきか、どんな行動をすべきか、より適切な対応を探し出すことができるようになります。自分の周りで起こる出来事に対して、適切な反応、行動をすることができる。動物の世界では、それで優れているものだけが生き残れるわけです。人間の社会でもそうできることこそ、よりよく生きるということにほかなりません。

つまり、自分らしく生きるためには語彙が必要なのです。

言葉の数だけ人生に深みと味わいが増す

15

「自分のため」ではなく「大切な人のため」に本を読む

人間は一人ひとり、みな違います。あなたはほかの誰とも違う存在です。そういう意味では、誰もがみんな変わった人、つまり「変人」です。

他人との「違い」を教えてくれるのも読書です。

自分がほかの誰とも違うという事実に理由があるなら、「すべての人が別の役割を持ってこの世に生まれてきた」ということではないでしょうか。だから、「同じ人などいない」、そう考えることができれば、他人を無理やり自分の常識に当てはめるのではなく、自分とは「違う人」として受け入れられるようになります。

こう考えると、どうやら読書というのは、「自分のため」というよりもむしろ、「自分以外の人のため」にするのではないか……とすら思えてくるわけです。

自分一人が生きていくためだけになら、確かに本を読まなくても、不安や心配事を何とかやり過ごしながら、一生を全うすることができるかもしれません。

しかし、自分の愛する誰かを幸せにするためには、知識も、物事の見方も、今の自分より少しても広く深い見識を持っていたほうがいい――、だから本を読む。自分を慕ってついてきてくれる社員たちを幸せにするためには、自分一人の経験や考えからくる決断で舵取りをするのは、危険が多い――、だから本を読む。同時代に生きる人たちのために、違いを受け入れられる心を持ち、共に認め合える幸せな社会をつくるために本を読む。そして、次の世代の子どもたちのために、戦争のない世の中をつくってあげたいから、本を読む……。

「そんな大袈裟な……」

こんな声も聞こえてきそうです。が、むしろ、「自分以外の人のために本を読む」ほうが、読書の本来の目的であるとさえ、僕は思っています。

「俺は、本が嫌いだから読まない」「本なんて読まなくても自分の考えだけで幸せになる自信がある」「俺の考えは全部オリジナルだ」などと言われると、かっこよく聞こえるかもしれません。しかし、「俺のためじゃない、君のために読んでるんだ」「子どもたちの未来のためには、本を読んだほうがいい世の中になると思ってね」と言える人のほうが僕はかっこいいなぁと思うのです。

人間には、自分のためには行動できなくても、誰かを幸せにするためになら行動できる本能があるのは確かです。

勉強をしない子どもに「勉強しなさい」と大人が言うとき、「あなたのために言ってるのよ」「ほかの誰でもない、自分の将来のためなんだから頑張れ」と言うのは大人の常套句《じょうとうく》です。

ですが、言われたことがある人はわかると思いますが、「自分のため」というニンジンでは人は動こうとしません。

ところが実は、勉強しないで困るのは自分ではありません。

自分自身は、勉強ができようができまいが、そこそこ困らずに生きていけるでしょうが、「共に生きる人」には大きな違いが生まれます。

夫や妻が、もしくはお父さんお母さんが、昨日と違う自分になる「努力を嫌がる人」なのか、「率先して努力する人」なのかによって、共に生きる家族の人生が大きく変わるということは、紛れもない事実なのです。

ですから、「勉強は、将来出会う大切な人のために、少しでも頑張っておけ。そして、愛する人を守るためにも勉強が好きな人になろう」、こう言われたほうが断然やる気が出ます。そういう生き方が、ひいては自分の幸せになっていくのです。

「自分がやっていることが、誰かの役に立っている」という実感は、何物にも代えがたい喜びです。多くの人は、その喜びを得るために人生を使っていると言っても過言ではありません。

「よりよい未来をつくりたい」

このことは、誰もが思っていると思います。

でも、誰かがつくってくれることを期待したり、どうせ変わらないと悲観していても、状況がよくなるわけではありません。

自分の居場所で、自分のできることを一人ひとりが行動することによって、初めて、よりよい未来はつくられます。

本を読むことは、よりよい未来をつくるために、たった一人でもできる具体的なアクションなのです。

あなたが幸せであることが
誰かを幸せにしている

第6の扉

ブックルネサンスで世の中が変わる

16 ブックルネサンスを起こそう

もともと学問というものは、私利私欲を満たすためのものではありませんでした。たとえば江戸時代の日本では、主君、もしくは公に仕える身として、自らの心身を鍛えるため、いざというときの心構えを日頃からつくっておくために行われていました。つまり、「自分のため」ではなく、「世のため、人のため」に成長する目的で学問をしたのです。

時は流れて今、みんなが「自分のため」に学問をするのが当たり前になりました。この常識の中で僕たちは生きています。

勉強するのも、本を読むのも、「いい学校に入って、いい就職先を見つけるため」「安定した職業に就くため」といった「私利私欲を満たすため」という人がほとんどです。親からもそう仕向けられます。もちろん、そうではない人もいますが。

ご存じのとおり、この百五十年で、読書の目的（あるいは学問の目的といってもいいと思いますが）には大きな変化が起こりました。「公のために本を読む」「心を磨くために本を読む」から、「自分の幸せのため、自分が得するために本を読む」へと変わったのです。

明治維新、そして敗戦という、常識が一八〇度ひっくり返ってしまうような大きな二つの出来事を、この国は経験しました。

とりわけ、今から七十年前に経験した敗戦によって、この国はそれまでの価値観をすべて否定して、真逆の価値観へと舵を切りました。

命すら公のために投げ出さなければならなかった世の中が終わり、一転して、自分の幸せと利益を追求する自由を誰もが手に入れました。自分のために学問をし、自分のために読書をする、この考え方が健全だと思われるようになりました。

そして現在、学問をするのも習い事をするのも、大学に行くのも読書をするのも、すべてが「自分の私利私欲のため」という考え方が、深く浸透しました。「世のため人のために生きなさい」という教育が、なんだか危険な思想のようにすら思われる雰囲気が出来上がり、それが常識となりました。

ところが、今の「自分の将来のために勉強する」という常識も、何かがきっかけで大きな変化が起こったときには、全否定される可能性があります。日本人というのは、常識が極端に変わることがある国民性だと僕は思っています。

何事もバランスが大切です。

「すべての努力は公のためであり、国民の人生はすべて公のため」という考え方は、極端だと僕たちは学びました。

同じように、「すべての努力は自分の私利私欲のためであり、自分の人生はすべて自分のため」という考え方も極端だと学ぶ必要がある時期にきていると思います。

その意味で、かつての「公のために書を読む時代」のよい部分を、もう一度見直す動きを起こしていく必要があります。

いわば「ブックルネサンス」です。

江戸時代や戦前の考え方に、一〇〇%戻すことが目的なのではありません。当時は、読める本の選択肢も制限されていました。それに「私利私欲のために書を読むのはけしからん、卑怯である」という極端な常識があったかもしれません。

ただ、注目すべきは、命を投げ出すほどの「精神性の強さ」を読書によって磨き、身につけていた、という事実です。

その心の強さのほんの一部でも現代の僕たちが身につけることができれば、今の時代をもっと力強く、もっと自由に、もっと人に寛容に、もっと幸せに、みんなが生きられるはずです。

戦前についても、ただ盲目的にあの時代はダメだったから全部捨てるということでは、逆の極端に陥るだけで、よりよい方向に前進することにはなりません。

すべてを昔のあり方に戻すのではなく、昔のあり方のなかでも、今の僕たちに必要なものをバランスよく取り入れていくことで、ようやく、歴史から学ぶという姿勢を手に入れたことになります。

「ブックルネサンス」という運動が今の時代をよりよい方向に向かわせてくれると思うのです。

古くから学問が社会の中に存在した国で、多くの人が公のために学問をしていた国というのは珍しいのではないかと思うのですが、かつて、そんな文化を持っていたこの国だからこそ、「ブックルネサンス」という運動が世の中を変える原動力になる。僕はそう思います。

本を読む目的も、勉強をする目的も、自分の収入など「手に入れるもの」を増やすため、自分が幸せになり悩みを解決するなどの「私利私欲を満たすため」ということが常識となった今の世の中で、「世のため人のため」、そして「愛する人のため」に本を読み勉強する。このことの大切さを見直し、バランスよく取り入れていく——。

「誰かのためにも本を読む」ことによって、本当の幸せな人生を実現できると思います。

起こしますか、奇跡！

17 読書には未来を変える力がある

前の代の人が残してくれたものを「遺産」と言います。

「親が遺産を残してくれていれば、自分の人生は変わったかもしれない」なんて、考えたことがあるかもしれません。しかし、どのような遺産がどれだけあれば、果たして僕たちは幸せになれるのでしょうか。

実際に親から受け継いだお金や土地といった物だけに目を向けると、莫大な遺産を手にする人は世の中でほんの一握りです。でも、たとえ巨万の富を親から受け継いだとしても、僕たちが生きている社会が、人が住めないほど環境破壊がひどく、日々の仕事にも困り、まるで自由がなく、犯罪が横行し、お金のありそうな家々が武装集団から襲撃されたり、夜の商店街では略奪が頻繁に行われるようであったら……、どうでしょう。幸せな人生など送れるはずもありません。

でも実際に、そういう場所に生まれる人もいるわけです。そう考えると、僕たちが受け取っている最大の遺産は有形のものだけではなく、自然、自由、平和、文化、思想といった「私たちを取り巻いているすべてのもの」だということがわかります。別の言い方をすると、先人たちが、僕たちに残そうとしてくれたすべてだと言えるわけです。

そして、この国に生まれるということは、世界の中でも類がないほど、莫大な遺産を受け取ることができるのは確かです。

この国に生まれただけで、他の国では手に入らない様々な恩恵を手にしています。

日本は、「読書」によって発展の礎を築いてきたといっても過言ではありません。明治に日本にやって来た外国人は、識字率の高さに驚いたといいます。

富士山、和食が世界遺産に登録されたり、武道や禅などの日本で生まれた文化が、今、世界中から注目されています。

その注目や尊敬からもわかるように、僕たちは他国の人が羨むような、自由で平和で、かつ裕福な暮らしをすることができています。それもこれも、僕たちが莫大《ばくだい》な「遺産」を受け継いだからにほかなりません。

僕たちはその恩恵を受けて、今、生きているのです。

僕たちが受け取っている「遺産」は、自分でつくったものではありません。前の時代の人たちがつくってくれたものです。そして、お礼を言いたくても感謝する相手を特定することができません。この国に生まれ、この国に生きたすべての人たちでつくってきたものだからです。

その遺産の上に、僕たちは今、生きています。その恩恵を受け取っています。

先人たちみんなが、「自分の人生は私利私欲のためにある」「自分さえ楽しければいい」という思いで数千年の歴史をつないできたとしたら、僕たちが手にしている遺産は、まったく別のものになっていただろうということは、簡単に想像がつきます。

もちろん、先人たちが残したものの中には、負の遺産もあります。それでも、この国に生きたすべての先人たちが残した「遺産」は、多くの国から見ると、羨ましくて仕方がないほど莫大なものだと僕は思っています。

今のこの国に生まれるということは、その「遺産」を手にするということです。この事実を忘れず、感謝できる人にならなければなりません。

自分たちが受け取った「遺産」に感謝するということは、この国に生きた先人たちすべてに心から感謝をするということです。感謝できて初めて、残してもらった遺産を上手に使える人になれます。そして、感謝できて初めて、「次は自分たちが、次の世代によりよいものを残してあげたい」と思えるようになります。これこそが「祖国愛」です。

「飢えている者には魚を与えるのではなく、魚の取り方を教えなければならない」という名言がありますが、誰もが納得できることです。

僕たちが次世代に残すべき「遺産」は、物質的、金銭的、経済発展といったたくさんの魚ではなく、この国の文化や精神性を育んできた「心のあり方」だと思うのです。

だからこそ、もう一度、勉強や学問をする目的を見直す必要があるのです。

「私利私欲のため」ではなく「誰かを幸せにするため」に自分を磨く。そのためにも、時間があればスマホでゲームをするよりも、読書をしたい。そんな人が一人でも増えれば、僕たちが、この国にこの世界に残せる「遺産」は、もっと素晴らしいものになると思うのです。

「自分一人が変わっても仕方がない……」と思うかもしれません。でも、「一人が変われば、この国の未来が変わる」と本気で信じる人の行動が、未来を変えていきます。

こういう人を、世間では「変人」と言いますが、いつの世も、たった一人の志高き変人が、世の中の「常識」を変えてきたのです。

夢みたいな話かもしれません。ですが実は、よりよい「遺産」を次世代に残したいという思いを共有できる人でこの世はあふれている、僕はそう思っています。

ですから、「自分も次の世代に、よりよい遺産を残してあげたい」と思うのであれば、「自分は無力だ」などと思わずに、共に本を読みましょう。

「私利私欲のため」ではなく、「誰かを幸せにするために」自分を磨く。そんな読書を一緒に始めましょう。**一人の人間が変わることで未来は大きく変わる**ということが、いつか必ずわかる日が来ます。

「本を読まなくても、私は生きていける」という人であふれている社会よりも、「この子の未来のために、私は本を読む人でありたい」という人であふれている社会のほうが、いい社会であるのは間違いありません。

そういう社会がいいなぁと思う人が、自ら本を読む人になる。

それが今の僕たちにできる、素晴らしい「遺産」を残すための第一歩だと僕は思っています。

受け取った愛の大きさを知れば未来を変える勇気が出る

18

【書斎】のある人生を始めよう

【書斎】のある生活に対するイメージが、わいてきたでしょうか。

人生を、素晴らしく輝かしいものにしたい。そのために【書斎】が不可欠だと感じたら、次は一歩を踏み出すことです。

目標を定めて歩き始めた時点で、目標は半分達成されたも同然です。大切なのは、いつでも「今」、目の前の一歩です。まず、目の前の一冊の本の世界に飛び込んでみること。それによって広がる世界を楽しむことです。

目指すべきゴールは、一〇〇〇冊の蔵書を誇るライブラリーを作ることではありません。あくまでも、自分の人生や考え方を変えてくれる一冊の本と今、出会うことです。

読んだことのない一万冊の本に囲まれた空間に入っても、静かで暗くて、退屈な場所としか感じられません。それよりも、あなたの魂を震わせた、人生を変えてくれた一冊の本が目の前にあるほうが、心が落ち着きます。その本からはエネルギーを感じます。いろいろなアイデアが浮かび、自分の生き方を見つめ直そうという気にもなれます。

そんな一冊の本との出会いを経験すると、**「素晴らしい本との出会いで、自分の人生はもっと素晴らしくなる」**とわかります。

そして、人生がたまらなく楽しくなります。

だから続けてまた、本を読みたくなるのです。


このような毎日を続けていると、いつの間にか自分が読んだことのある一〇〇〇冊の本に囲まれる日がやってきます。【心のお風呂】としての自分の図書室作りは、いつだって、今、目の前の一冊の本の世界に飛び込んでいくことで完成するのです。たとえ、一〇冊でも、二〇冊でも立派な【書斎】だということを忘れないでください。

その空間の効能を知ってしまったら病みつきになり、【心のお風呂】どころか、【心の温泉】になるまでやめられなくなってしまうでしょう。

本の楽しさを知り、本の力を知り、読書から得られる学びを使って人生を歩き始めると、いつの間にか【書斎】が出来上がっていた――。きっと、そうなることでしょう。

そしてその頃には、本との出会いを始めようと決めたときとは、全く違う志、そして、夢や目標を持った「幸せな自分」がいることでしょう。たくさんの素晴らしい本に囲まれる暮らしは、何物にも代え難い――、この喜びを、あなたに与えてくれるはずです。

この本をここまで読んでいる時点で、あなたは読書好きです。十分に読書の面白さを知っています。

あなたの頭の中にイメージされている【書斎】は、すでに完成に向かって動き出しているのです。

さあ、次の一冊を探しに、本屋さんに行きましょう。


さて、想像してみてください。

自分に新しい可能性を見せてくれる本との出会いを。

未来に希望の光が見えるような本との出会いを。

自分の生きる目的がわかるような本との出会いを。

人生という旅路を豊かにしてくれるような本との出会いを。

そして、出会ったたくさんの本に囲まれた空間が完成したことを。


一歩そこに足を踏み入れると、すべての背表紙の向こうには、無限の世界が広がっています。

小さなその空間が、無限の広がりを持つ宇宙のように感じられる……、そんな場所が自分の家の中にできるのです。

あなたがイメージした「自分の人生を変えてくれた本たちに囲まれた生活」は、創造することができます。
この本を読んだあなたの魂が震え、「自分もそれを作りたい！」と心から望みさえすれば。

本には人生を変える力がある
本には世界を変える力がある

GENDAI SHOBO

エピローグ　最初の涙

——二〇五五年四月五日

浩平は大内朋子の後ろに立って、会長室の扉が開かれるのを待っていた。

「会長、聡栄製作研究所の前田様がいらっしゃいました」と大内が声をかけると、中から「どうぞ」という声が聞こえてきた。

浩平は大内と目が合うと、小さくうなずいた。

志賀泰三は、以前と同じように立ち上がり、浩平のほうに歩み寄ってきてくれた。

「まあ、座ってくれたまえ」

相変わらずエネルギーの塊のような声で、近寄ってくるだけでのけ反ってしまいたくなるほどの威圧感がある。

「ありがとうございます」

浩平は深々と頭を下げると、志賀が向かいのソファに座るのを確認してから、自分も腰を下ろした。

「先日に引き続き、わざわざお時間を取っていただきありがとうございます」

浩平は、再度頭を下げた。

「堅苦しいあいさつは抜きだ。で、わかったのかね」

浩平は、真っすぐに志賀の目を見つめた。

「はい。わかりました」

「ほう」

志賀は、浩平の中の変化を感じ取り、口元が緩んだ。

「何がわかったか聞かせてくれるかね」

「自分が、とんでもないバカだということがわかりました」

志賀は、そう言った浩平の目を見つめていたが、堰を切ったように笑い出した。

「なるほど、確かにそうであろう」

「二十も年の離れた部下に、生きる勇気をもらい、人生を救ってもらいました。そのきっかけを志賀会長にいただきました。本当にありがとうございます」

志賀は満足げにうなずいた。

「あの男の苦しみを取り去ることができるのは、お前さんしかいないということに気づいたんだな」

「はい」

「人間は、お互いに関わり合いながら生きている。そうである以上、自分の人生と他人の人生を切り離して考えることなどできないことだ。君が自分の責任で幸せになることでしか、救えない人生もあるということだよ」

「そんなこと考えもしないで生きてきました。自分がいかに不運で、恵まれていないかということばかり考えて、不幸だって思い込んでいました。結局自分のことしか考えていなかったんです。そのくせ、自分の責任でやらなければならないことからは逃げ続けてきました。それでも……気づけてよかったです。こんな年になってしまいましたが」

浩平は、若干白髪が交ざる自分の頭を左手で撫でた。

「なあに、遅すぎるなんてことはない。先は長い。これから人生を変えていけばいい」

志賀はそう言うと立ち上がった。

「もう一人……お前さんが感謝すべき人がいるんじゃないか？」

そう言うと、志賀は浩平の肩に手を置いた。

浩平は志賀の顔を見上げた。天井のライトが逆光になって目に入り、顔がよく見えない。

それでも、そのシルエットを見て浩平はハッとした。

「会長――あなたは」

志賀は会長イスの後ろに歩いていき、窓の外の景色を見た。目の前の公園の満開の桜が抜けるような青空によく映える。いつの間にか季節はもう春だ。

「初めて君を見たとき、本当に驚いたよ。加藤くんから、前田という名前は聞いていたが、まさか君だったとはね。浩ちゃん」

「浩……ちゃん……？」

浩平は志賀の姿を凝視した。

「君は、若い頃のあいつとよく似ている。瓜二つだ。初めてここに来たとき、昔のあいつが、私に会いに来たんじゃないかと思うくらい衝撃を受けた。でも、君の口から出てきた言葉は、あいつが死んだということだった」

「じゃあ、あいつ、志賀会長は私の父と知り合いだったんですか……」

志賀はゆっくりとうなずいた。

「あいつが、大学病院を去って田舎に開業してから、何度か足を運んで、戻ってこいと説得し続けていた。本当はこのイスに座るべきは私ではなく、あいつだと思っていた。今でもそう思っている」

志賀は、会長イスの背もたれを優しく撫でた。

「浩ちゃん、大きくなったな」

浩平は夢の中に出てきた大人の正体が、志賀であることを確信した。実家で母と見た写真の中にも、白衣を着た父が、何人かの若い医師と一緒に写っている写真があった。その中に志賀もいるのだろう。

「これもすべて、あいつの考えたシナリオかもしれないな」

「父が考えた……シナリオ……ですか」

浩平は自分の鞄を見つめた。中には昨日読み終えたばかりの、父が残してくれた一冊の本が入っている。

雅彦は、自分の人生で学んだ大切なことを浩平に伝えたかったのだろう。しかし、浩平はそれを一度も受け取ろうとはしなかった。雅彦が上手に渡そうとすればするほど、浩平は何かを察知して、頑なにそれを拒み続けた。そのことは、浩平自身が一番よくわかっている。

しかし、雅彦が死んで、「書斎の鍵」という謎が残り、結局本を読むことになった。

加藤が今の加藤になったのも、雅彦が送った本のおかげだったし、回り回って、浩平も大切なことに気づくことができた。結局、雅彦が伝えたかったことは、浩平に伝わったのだ。そして今、かつての父の同僚、志賀の前にいる。

浩平はにっこりと微笑んだ。

「さすがの父も、ここまで計算することはできなかったでしょう」

「まあ、そうだろう」

志賀は肩を揺すりながら笑った。

「いいものを見せよう」

志賀は目で促した。浩平は立ち上がると、志賀の後を追った。会長室の入り口と反対側に、もう一枚扉がある。二人はその前に立った。

「この扉の向こうに何があるか、わかるかね」

志賀が浩平に笑顔を向けた。

「はい。無限の広がりを持つ宇宙ですよね」

浩平も笑顔で応えた。

志賀はうなずくと扉を開けた。開かれた観音扉の向こうには、壁全面に埋め込んだ棚に本が並べられていた。

「君の親父さんの影響でね」

そう言って志賀は微笑んだ。

「おかげで、私もいい人生になったよ。加藤くんとは最初、その話題で盛り上がったんだ。彼も一冊の本と出会って、書斎を作り始めて、そのおかげで人生が変わっていったと言ったからね」

「その一冊も、僕の父が僕にくれた本がきっかけでした。僕が読まなかったのを、母が彼にあげたんです」

志賀は目を丸くした。そこまで詳しい話は加藤から聞いていないらしい。

「あいつも、そこまでは予想していなかっただろうな」

志賀は深くうなずくと、書斎の真ん中に置かれている一人掛けソファに腰を下ろした。

「ここはいい。この場所があるから、私は私のやりたいことから目をそらさずに生きてくることができた。君のお父さんには、本当に感謝している。この人生を私にくれたのは、君のお父さんだ」

浩平は首を振った。

「違うと思います。やはりそれは会長がそういう人生を選んだからですよ。現に僕も同じものを父から与えられ続けてきましたが、一度も受け取ろうとしなかったので、ほら、このとおりです。僕たちは常に、与えられ続けてきたんです。受け取ろうとしたことが一番重要なことです」

浩平はそう言いながら、雅彦から同じものを与えられ、それを受け取って生きてきた、斉藤洋子、加藤健之助の顔を思い浮かべていた。受け取ろうとしなかった自分だけが愚かなのだ。

浩平は自嘲気味に微笑んだ。

志賀はしばらくソファで目を閉じていたが、大きく息を吸い込むと、勢いよく立ち上がった。

「さて、契約をしようか」

「そのことですが、お手数をおかけして申し訳ないのですが、やはり、加藤を来させますので、加藤に契約書を渡してやってもらえますか?」

「君がそうしたいのなら、私はそれでいいが……」

志賀は笑顔で答えた。

「ぜひ。あいつは私の大切な右腕なので……」

志賀の書斎を出るとき、浩平は壁の本棚の一角に空いたスペースを見つけた。

「会長、ここは……?」

「ああ、そこかね。実はそのシリーズの本を集めているんだが」

志賀は隣に並んでいる本を指さした。

「データでしか見つからないんだよ。まあ、紙の本を集めている人なんて、今の時代は少ないからね。いつか見つかればいいなぁと思って、空けてあるんだ」

「そうなんですか……」

浩平はその空間をマジマジと見つめていたが、志賀に聞くべきことをもう一つ思い出して目を見開いた。

「会長、もう一つだけお伺いしてもいいですか？」

「何だい？」

「父から、何か預かっていないですか？」

「何かって……何だ？」

志賀は興味津々といった感じで、浩平の顔をのぞき込んできた。

「いや、あの……実は、父の書斎の鍵がないんです」

「ほお」

志賀は面白い謎解きゲームを見つけた少年のような顔をした。

浩平は苦笑いでごまかそうとしたが、結局は、雅彦の遺言のことを話すことになった。

「お呼びですか?」

浩平は開けっ放しにされた部長室の入り口から、井上に向かって言った。

「ああ、この前はご苦労だった。無事、東都大学病院と契約ができたと加藤からも報告があったよ」

「ありがとうございます。加藤のおかげです。部長からも一言声を掛けてやってください」

「ああ、わかっている。それから、これを見てくれるかな」

そう言うと、部長室にある会議用モニターの大画面に、メッセージを映し出した。

「志賀会長が、私にお礼のメッセージをくれたんだが、そこに、『前田くんからの思いがけないプレゼントに喜び、年甲斐もなくそれを前に小躍りしています』と書いてある。君は、志賀会長に何を贈ったんだね」

浩平は微笑んだ。

「会長が、ずっと探していた本です」

「本?」

「はい。データではいくらでも見つかるんですが、その本だけは紙の本で手元に置いておきたいらしくて、いつかその本が見つかる日のために、書斎の本棚を空けてあったんです」

「そんな珍しい本を、お前、よく見つけたな」

井上は感心した。

「たまたま、知り合いが持っていたんです」

「お前に、そんな知り合いがいたとはね」

「ええ。自分でも驚きです」

浩平は苦笑いをした。

「実は、これも偶然なんですが、志賀会長が探している本を出した出版社の元取締役の方とご縁がありまして、その方にお話ししたら、持っているということだったので、譲ってもらえないかとお願いしたんです」

浩平は、大原の弾むような嬉しそうな声を思い出していた。

――「そんな嬉しいこと言ってくれる人にならいくらでもお譲りしますよ」

自分が丹精を込めて作った本を賞賛されたことに対する嬉しさがあふれた言い方だった。

その日のうちに、志賀宛てに送ってくれたと、浩平は聞いている。

「まあ、いずれにしても、今回は我が社始まって以来の大成功だ。その契約の責任者としての君の功績は大きい」

浩平は、首を振った。

「志賀会長にもお伝えしましたが、今回については本当に、私の力などではないんです。すべて加藤が一人でやったことです」

「それでも、その上司である君の手柄でもあるわけだ、と上は考えている」

井上は右手の人さし指を上に向けた。実際にこのフロアの上の階に社長室がある。

「そこで、だ……。今回の功績を評価して、君を研究開発部に異動させてはどうかという話が役員会で持ち上がっている」

「私を……研究開発部にですか……」

「ああ、私のほうからも、そうなれば本人も喜ぶと思いますということを伝えてある」

井上は満面の笑みを浮かべて、浩平を見つめた。返事を待っている。

浩平は、身体の横に下ろした右手を見つめていたが、やがて顔を上げた。

「ありがとうございます。お心遣いは、大変ありがたいと思っていますが、できれば、もうしばらく営業部で働かせていただきたいと思っています」

「お前、まさかその右手では、研究開発は務まらないとでも……」

浩平は静かに首を振った。

「そうではありません。確かに右手は不自由ですが、研究開発の仕事をする自信は十分にあります。そうではなく、営業という仕事から逃げずに、本気でやってみたいといいますか……」

　固まっていた井上の表情が、徐々に緩んでいった。

「なるほど、ようやく本気になったか」

「それについては、本当に申し訳なく思っています」

　浩平はうつむいた。

「私は……自分に自信が持てませんでした。研究職として就職したのに、入社直後に不運な事故に遭い、利き手の自由を奪われ、苦手な営業の仕事に回され……。そのことで、活躍する場を奪われた、これ以上ない不幸な人間だと思いながら生きてきたんです。うまくいかないのは、すべてあの事故のせいで、この右手のせいで、営業という仕事のせいにしてきました。自分が悪いんじゃないと思い込むために、いつも逃げて生きてきました。でも、間違いでした」

「ほう」

　井上は感心したように目を細めた。

「事故のせいでも、右手のせいでも、営業に不向きだと思い込んでいる持って生まれた性格のせいでもありませんでした。すぐにそこに逃げ込む、心の弱い自分のせいだったと、ようやく気づいたんです。そのことを、加藤に教えてもらいました」

「それで、営業を続けようと……？」

「自分のせいだと思い始めたら、営業も、もしかしたら自分にしかできないやり方で極めることができるんじゃないかと思うようになったんです。もちろん今の私にとっても研究職というのは夢であり、憧れでもあります。でも、この二十年間、営業部にいて、なんの成果も残すことができずにやってきた私に何ができるでしょうか。

人生の歯車がちょっと狂っただけで、逃げるような男では、何をやったところで大差はありません。だから、本気でやってみたいと思っているんです。

営業という仕事と本気で向き合って、やってくる出来事で自分を磨いてみたいと思うようになりました。

加藤をはじめとする才能あふれる若い奴らに比べると、不器用かもしれませんが、逃げずに、本気で今自分がいる場所で、もがきながら闘ってみたいと思うんです。どうせやるなら、日本一の営業を目指して……。

それを続けていった先に、人生の歯車が狂おうとも、自分の責任でそれを乗り越えることができる自信が自分の中に育つ日が来るかもしれません。そのときに、あらためて、異動願いを出させていただきたいと思います。

今のままだと、営業としても中途半端、研究者としても中途半端になってしまいます」

井上は腕組みをしていた手をほどくと、浩平に部屋の中央にある応接イスに座るよう促し、自分もその向かいに座った。

井上は一つ大きな深呼吸をすると、浩平に微笑みかけた。

「前田、ついに目覚めたな」

「はい?」

浩平は褒められたことに対する気恥ずかしさから、頭をかいた。

「私はこの日をずっと待っていた」

「今まで、本当にダメ社員だったと思います。長い時間がかかってしまい申し訳ありませんでした」

井上は首を振った。

「いや、時間がかかったことは特に問題ではない。それは君の問題ではなく、私の問題だったんだ」

「部長の問題……ですか?」

「ああ」

そう言うと、井上は一枚の写真をローテーブルの上に置いた。

「こ、これは……」

浩平は、思わずその写真を手に取った。

その古い写真には、父の雅彦と、若き日の井上、そして志賀も写っていた。

浩平はその写真に見覚えがあった。実家で母が出してきたタブレットの中にも、確か同じ写真があったはずだ。親戚の写真を中心に見ていたので、あまり気にせずすぐに飛ばしてしまったが、じっくり見てみると、かなり若い頃とはいえ、確かに井上だとわかる。

「どういうことですか？」

浩平の声が大きくなった。

「私は、君のお父さんに助けてもらったんだ」

「私の父に……ですか？」

「ああ、そうだ。私がこの会社に入って間もない頃、実は、東都大学病院では、入院用のベッドの一部がうちの会社の製品だった。その割合を増やしたり、医療機器も入れてもらおうと、社を挙げて力を入れようとしていた時期だったんだ。だが、そのときの営業担当者が他社に引き抜かれた。そこで営業担当として抜擢《ばってき》されたのが私だった。

ところが、営業担当が私に変わったその年に、元うちの社員だったその男の会社の製品にすべて変えられてしまい、我が社と東都大学病院とのつながりはなくなってしまった。

当時の理事長が、他社から多大な謝礼を受け取っていたらしいんだが、単なる噂かもしれない。いずれにせよ、我が社と東都大学病院をつなぐパイプを徐々に太くしていこうとしている矢先の出来事だった。

私は責任を感じて、会社を辞めようとした。当時、会社の中では、誰もこの件に関しては口を開かなかったが、悪者を一人つくらなければ事態が収まらないような雰囲気ができていた。

『お前がやめれば、丸く収まる』という雰囲気に耐えられなくなって、私は会社を辞めるだけではなく、自らの命を絶つことすら考えるようになるほど精神的に参っていた。

東都大学病院では、当時、若手のホープだった志賀さんにはお世話になっていたから、辞めるあいさつに行ったんだ。

志賀さんは、理事長の一存で契約する会社が変わってしまったことに憤慨していて、私に『こんなことになって申し訳ない』と、頭を下げてくださった。

そして、自分はまだこんな立場だから、大学病院の決定を覆すことはできないけれど、せめてもの罪滅ぼしに、少しでも役に立てれば、と言って、君のお父さんを紹介してくれたんだ」

「そんなことがあったなんて……」

「君のお父さん、前田先生は自分の医院で我が社の製品を使うようになってくれた」

浩平は父の医院には確かに、浩平の会社の器具が使われていたことを思い出した。

「それだけでなく、前田先生につながりのある、ほかの小さな医院の先生たちをたくさん紹介してくれたんだ。その結果、大きな病院一つと契約するのと同じくらいの利益を、たくさんの小さな医院と契約することによって達成できた。そうして、私はこの会社での居場所を何とかつくり出すことができた。

この会社にとっても、営業方針を変える転機となった。同じ利益なら、大きなお得意先一つよりも、たくさんの小さなところとつながったほうが、リスクの面でも経費の面でも望ましいということにようやく気づいて、大きな病院よりも小さな医院と親身になった人間関係をつくっていくようになっていった。そうやってこの会社は大きくなってきたんだ」

井上は立ち上がって、自分の机に歩み寄り、引き出しを開けて、中から封筒を一つ取り出した。それを手にもう一度自分のところへと戻ってくる姿を眺めながら、浩平はそれまで考えもしなかったことが、突然頭に浮かんできた。

「部長……私は……今わかりました。私が事故に遭って、研究開発部からは『いらない奴』という扱いになっていたんじゃないんですか？　そして、それを、井上部長が拾ってくれた……。いや、それどころか、就職活動のときにも便宜を図ってくれて、私の希望する研究開発部に口を利いておいてくれたんですよね。それがあったから、この会社だけは本当にトントン拍子で内定までできたんじゃないですか？」

井上はただ、黙って聞いているだけだった。

「そしてこの二十年間、部長はなんの業績も残せない、いつまで経っても事故から精神的に立ち直ろうとしない私を、かばい続けて、ここに置いてくれていた。そうですよね？」

浩平の声は、詰問するように大きくなっていった。

井上は浩平を落ち着かせるように、優しい笑顔を浮かべて、あえて小さい声で優しく言った。

「そのあたりのことは、君の想像に任せよう。ただ、私に言えることは、君のお父さんのおかげで私の人生はあるということ。そしてその恩返しをしたい、そう思って生きてきたのは間違いない」

「それを……私に？」

「もちろん君だけではない。ほかの誰に対してもそう思って接してきたつもりだが、あのときの君のお父さんが私にしてくれたように、君が人生で出会った苦しみから立ち直るきっかけを私が与えられたのだとしたら、私は自分の人生を誇らしく思えるのは確かだ」

「きっかけどころか、部長はこんなダメな私を、ずっと信じて、見守ってきてくれた……それに対して私は……私は……」

浩平は、ここにも自分のせいで幸せを感じることができずにいた人がいることに驚き、そのことに気づかず生きてきたことに悔しさを感じると、涙が流れてきた。

「お前だけじゃない。みんなそうやって悔しい思いをして生きているんだ。

自分の幸せがたくさんの人を幸せにするにもかかわらず、自分は大変なんだとか、自分はなんて不幸なんだと、自分のことばかりを考えて、ほかの人が幸せになる機会すら奪って生きている。

私もそうだった。そう自分を責めるな。

そして、お前がもう一人向き合わなければならない人がいる。私や加藤以上に、お前が幸せになる日を心待ちにしていた人だ」

そう言うと井上は、先ほどから手にしていた封筒をテーブルの上に置いて、浩平の前に差し出した。

「何ですか、これは……」

浩平は井上の顔と、テーブルの上の封筒を交互に見つめた。

「開ければわかる」

浩平は恐る恐る手を伸ばして、その封筒を手にした。

中身を確認するまでもなく、それが何であるか、触れた感触で浩平にはわかった。

それを確かめるべく、封を開けた。

中から出てきたのは、一本の鍵だった。

「捜し物だ」

「ということは、『しかるべき人』は部長だったんですか」

「君のお父さんから頼まれてね。『息子が私の死をきっかけにして、自分の人生を見直し、自分に起こるあらゆる出来事を受け入れる覚悟を持った男になれたと感じたら、これを渡してほしい』と、私のところに送られてきたものだ。

君が幸せになるのを、ただ信じて待つしかなかった苦しみは、君のお父さんが一番味わったことだろう。そして、残念ながら……」

井上は続きを言うのをやめた。

「だからこそ、前田。お前は誰よりも幸せな人生を送れ。お前のお父さんが考えた以上の幸せを手に入れろ。お前のその生き方が、次の世代の誰かを救う日が来るだろう。その人たちを幸せにするのが、お前にとっての恩返しだ。私はそう思うぞ」

浩平はただ涙を流しながら、井上の言葉にうなずき続けた。

——二〇五六年四月二十九日

浩平は、父の書斎の前に立っていた。

左手には書斎の鍵を握りしめ、右腕にはこの一年間の浩平の新しい人生の出発点になった『書斎のすすめ』という本が抱えられていた。

この本は、浩平が雅彦の葬式の後に自分で持ち帰った離れに置いてあったものではない。二十年前の病室に置いてあった、母の久絵が加藤に渡したものだ。

浩平は、加藤の持っていたその本と自分が持っていた本を取り替えてもらった。

というのも、浩平の病室に置いてあった本には、表紙の裏側、見返し部分に父親から浩平に宛てたメッセージが書いてあったということを、加藤から聞いて初めて知ったからだ。

そんなことにも気づかないほど、浩平はあの頃父親からもらった本というものに対して無関心だった。いや、意図的に無視していたといったほうがいいかもしれない。

そこには、

第二の人生の門出に贈る。素晴らしき人生を

と、今となっては懐かしい父親の筆跡で書いてある。

就職した時期と事故に遭った時期が同じだったから、入院生活の退屈しのぎのためにくれたものだとばかり思っていたが、その文を見て、就職祝いに用意してくれたものだということがわかる。

この一年間、浩平は読書にふけった。

父の葬儀をきっかけに始まった書斎の鍵探しは、ほんの一カ月ほどで解決したのだが、なぜだかすぐにその鍵を使ってはいけないような気がして、一年間でできるだけたくさんの本を読んでみようと思い立った。

加藤や志賀会長、井上部長らに世間話がてら相談すると、三人とも面白い本をたくさん紹介してくれた。そして彼らが紹介してくれる本との出会いが、浩平を成長させてくれた。まさに、それぞれの本との出会いで大きく人生が変わりそうな予感があり、実際に少しずつではあるが、浩平の人生が変わり始めていった。

そんな毎日を送るようになり、それまでの人生がウソのように、読書の面白さの虜《とりこ》に

なった。通勤時にも、家に帰ってからも、暇さえあれば本の世界に入り込み、その世界が自分の人生に与えてくれる恩恵が面白くてたまらなくなっていった。

電車の中でスマグラを使ってゲームをしながら時間を浪費する浩平はもういない。その変わり様は、極端で、電車の中でゲームに興じている人を見るたびに、こっちの世界に来ればいいのにと、お節介にも本の素晴らしさを話したくなるほどだった。

結局この一年間で、浩平は一〇〇冊を超える本を読み、自分の書斎にそれら紙の本を並べた。

確かにその空間は、日々生活しているだけで身につけて帰って来てしまう「心の汚れ」を洗い流してくれる「心のシャワールーム」となっていた。一日の終わりに、自分が出会った一〇〇冊の本に囲まれているだけで、自分の価値観の修正ができる。今ではそこは、浩平にとって、なくてはならない一番居心地のいい場所である。

浩平は、雅彦の書斎の前で、大きく一つ深呼吸をした。

扉の向こうの世界を想像すると、子どもの頃に数回しか見たことがない父の書斎の風景がおぼろげながら広がってくる。

意を決して、鍵を鍵穴に差し込んだ。

心臓の鼓動が速くなった。

鍵を回すと、ガチャッという重い音がして、鍵が開いた。浩平はゆっくりと扉を押し開けた。

もともと小さな二階建てだった離れを、書斎のためだけに改築しただけあって、リビングから観音扉でつながっている書斎の中は、ゆったりとした吹き抜けになっていた。天井までの高い壁のすべてが本で埋まっていて、天井からは大きなファンが吊り下がっている。高いところの本を取るために廊下がぐるりとコの字型に造ってあり、父はそこを二階と呼んでいたが、二階の本も部屋の中央に座ると眺めることができる。

まさに、立派なライブラリーだ。

子どもの頃の浩平にとってここは、薄暗く、静かすぎる、退屈な場所でしかなかった。当時とまったく変わらない場所であるにもかかわらず、一冊一冊の本の向こう側に、無限の広がりを持った一つの世界があることを感じることができる。

それが、これだけたくさん……。きっと、一万冊はあるだろうか……。圧倒的な重圧が、部屋の真ん中に立つ浩平に押し寄せてくる。

まさに、壁の向こうには無限の広がりを持つ宇宙があり、その真ん中に自分がいるような荘厳な雰囲気に、浩平は息をするのも忘れて周囲を見回していた。

父の雅彦にとって、ここはまさに聖域だっただろう。

浩平がほとんど読んだことのない本で埋まっていても、これほどまでに訴えてくる力があるのだ。すべてを読んだ雅彦にとっては、今の浩平が感じることのできないほどの力をここで感じていたにちがいない。

浩平は、視線の先にこの一年間で読んだことがある本を見つけた。

神聖な儀式のように、一歩ずつその本に近づき、手を伸ばした。

紙でできたその本には、かつて父親が触れたときのぬくもりが残っているような気がして、大切に両手で包むように持つと、ページをめくってみた。

ここにあるすべての本が、雅彦の人生をつくり、見守り、支えてきたのだろう。そう思うと、目頭が熱くなった。

それぞれの本についた手垢《てあか》に、汚れに、折り目やコーヒーのシミに、それを読んだ当時の雅彦の思いや悩み、苦しみや感動や喜びといったものが残っているような気がする。こういうものに囲まれる人生の素晴らしさを、浩平は最近になってようやくわかるようになってきた。

父親が自分に残そうとした莫大な遺産は、時代遅れの書斎という遺物であった。大量の紙の本という非効率なものであったけれども、きっとそれ以上に、「本を読む習慣」こそが、自分に残そうとしてくれた一番大きな遺産だったのであろう。

浩平は、雅彦が残してくれたこの書斎の雰囲気を全身で受け止めたいと、心から思った。

部屋の中に閉じこもるべく扉を閉めようとしたとき、初めて、扉の内側に貼られた一枚の紙に気がついた。そこには、雅彦の字で、こう書かれていた。

本には世界を変える力があると
信じる私から
君に、愛を込めて贈る……

書斎の中に入り、扉を閉めた者だけが読むことができるそれは、紛れもなく、浩平に宛てた雅彦からの最後のメッセージだった。

浩平は、その紙に触れた。父親の大きな愛情を感じ、涙があふれてきた。こみ上げる涙はとめどなく、ついに浩平は、崩れるようにその場にしゃがみ込み、声を上げて泣いた。

それが、父の死後、浩平が父の愛を思って流した最初の涙だった。

あとがき——未来に希望の種を蒔こう

大ヒットした一九八九年の映画、「バック・トゥ・ザ・フューチャーPART2」。主人公のマーティが一九八五年から三十年後の世界にタイムスリップします。そしてやってくるのが二〇一五年。そう、今年です。

あの映画の中で描かれている未来と、現実の今、つまり二〇一五年を比較してみると、意外と変わっていないものと、予想もしなかった変化を遂げたものがあることに気づかされます。

いずれにしても、車やスケボーが空を飛んだり、服には自動乾燥機能がついていた映画の中の未来を見て、僕が予想した未来と、実際にやってきた二〇一五年には大きな隔たりがありました。

今回、この作品『書斎の鍵』では、二〇五五年、つまり今から四十年後の世界を描きました。

自分なりに、こうなっているんじゃないかとか、案外ここは変わっていないかも……なんて想像することは楽しいことではありましたが、実際に二〇五五年がやってきたときには、きっと僕がここで描いた未来とは違った世界がやってくるに違いありません。果たしてどこが、どう違っているのかを見ることも、この本のひとつの楽しみではあります。

未来のことがわかる人はいません。だから、僕たちが未来に対してする予想は、良くも悪くも外れることになるでしょう。

ただ、未来というのは、今日一日を生きるという連続の先に、僕たちがつくっていくものです。次の世代を生きる子どもたちのために、これから生まれてくる命のために、今、僕たちが予想している四十年後よりも、はるかによい世界をつくることは、今を生きる我々の使命でもあります。

今日一日の僕たちの生き方に、描いた未来以上に素晴らしい未来がやってくるかどうかがかかっているわけです。

僕は、本には世界を変える力があると本気で信じています。

若い頃、ほとんど本など読まなかった僕が、あることをきっかけに、毎日、むさぼるように本を読むようになり、本を書く側にまでなりました。その前後で、僕の人生の中で起こった変化は劇的でした。

読書の習慣で人生は劇的に変わるのです。だから、読書の習慣を持つ人であふれた社会は、大きく変わるはずです。

今や、電車に乗れば、老若男女を問わず、スマホでゲームをしている人たちであふれています。

「あれが全部本なら……」

そんな思いで、車内を見回すことがありますが、実際にそうなれば、きっと世界は変わることでしょう。

それは、きっと不可能なことじゃないと思うんです。

これまで、「本なんて大嫌いだったのに、読書が大好きになりました」という何人もの人に出会ってきました。夢中にさせてくれる本との出会いさえあれば、どんな時代であれ、本が手放せない人生になるはずです。

ですから、そんな日を夢見て、これからも作品を書き続けていこうと思っています。

もう一つ、この作品で伝えたかった大切なこと。

それは、自分が幸せになることによってしか、救えない人生があるということです。

一番大切な人を、幸せにするって案外そういうことなんじゃないかと思うのです。

逆の言い方をすると、いつまでも過去の出来事を引きずって、幸せになることを放棄していると、今、目の前にいる大切な人をいつまでも幸せにできないということです。

浩平の右手のように、自分が持っている逃げ場に入り込んで、幸せになることを放棄している人がたくさんいます。実際には、たくさんどころか、誰もが心の中に、そういう逃げ場を持っている。それが邪魔をして、幸せになれないでいます。

でも、僕たちがその逃げ場から這《は》い出て、幸せな人生を生きることでしか、幸せにできない人がいます。

だからこそ、僕たちは、勇気を持ってその逃げ場から這い出して、幸せにならなければなりません。

本作を読んでいただいたあなたにも、過去に背負った苦しみや自らが作り出した逃げ場から抜け出して、今、目の前にいる人の人生を幸せにするために、遠慮なく幸せになって欲しい。

この作品によって、このことがうまく伝わっていたら幸いです。

平成二十七年三月十一日

著者記す

参考文献

『学問のすゝめ』福沢諭吉著　檜谷昭彦編訳　三笠書房
『これからのリーダーに贈る船井幸雄の言葉』佐藤芳直著　中経出版
『松陰読本』山口県教育会
『女性を宇宙は最初につくった』佐治晴夫著　春秋社
『祖国とは国語』藤原正彦著　新潮文庫
『非常識な読書のすすめ』清水克衛著　現代書林
『武士道』新渡戸稲造著　奈良本辰也訳　三笠書房
『雄気堂々』城山三郎著　新潮文庫
『逝きし世の面影』渡辺京二著　平凡社ライブラリー
『世に棲む日日』司馬遼太郎著　文春文庫
『竜馬がゆく』司馬遼太郎著　文春文庫

喜多川 泰 きたがわ・やすし

作家

1970年生まれ。愛媛県西条市に育つ。

東京学芸大学卒業。1998年、横浜市に学習塾「聡明舎」を創立。人間的成長を重視した、まったく新しい塾として地域で話題となる。

2005年、『賢者の書』（ディスカヴァー・トゥエンティワン）で作家デビュー。以降、意欲的に作品を発表し続けている。「喜多川ワールド」と呼ばれるその独特の世界観は、日本国内にとどまらず世界中で幅広い世代の読者に愛されている。

喜多川泰 オフィシャルウェブサイト
http://www.tegamiya.jp/

喜多川泰 facebook
https://www.facebook.com/tegamiya.kitagawa.yasushi

喜多川泰の作品

『君と会えたから……』

『「手紙屋」～僕の就職活動を変えた十通の手紙～』

『「手紙屋」蛍雪篇 ～私の受験勉強を変えた十通の手紙～』

『上京物語 ～僕の人生を変えた、父の五つの教え～』

『賢者の書』(新装版)

『スタートライン』

『ライフトラベラー　人生の旅人』

『株式会社タイムカプセル社 ――十年前からやってきた使者』

『きみが来た場所』

『きみを自由にする言葉 喜多川泰名言集』(文庫)

(以上　ディスカヴァー・トゥエンティワン)

『「また、必ず会おう」と誰もが言った。』(サンマーク出版)

『おいべっさんと不思議な母子』(サンマーク出版)

『One World』(サンマーク出版)

『秘密結社Ladybirdと僕の6日間』(サンマーク出版)

『心晴日和』(幻冬舎)

『ソバニイルヨ』(幻冬舎)

『「福」に憑かれた男』(総合法令出版)

『「福」に憑かれた男』〈文庫〉(サンマーク出版)

『本調子Ⅱプロは逆境でこそ笑う』(総合法令出版)
清水克衛、西田文郎、出路雅明、植松努との共著

[関連作品]

映画『「また、必ず会おう」と誰もが言った。』〈古厩智之監督〉
Blu-ray/DVD バリアフリー仕様
(発売元:TBSサービス 販売元:TCHエンタテインメント)

2018年12月現在

●本作は書き下ろしです。
●この物語はフィクションです。実在の人物とは一切関係がありません。

書斎《しょさい》の鍵《かぎ》

2015年6月16日　初版第1刷
2025年1月16日　　　第11刷

著　者 ―――――――― 喜《き》多《た》川《がわ》泰《やすし》
発行者 ―――――――― 松島一樹
発行所 ―――――――― 現代書林
〒162-0053　東京都新宿区原町3-61　桂ビル
TEL／代表　03(3205)8384
振替00140-7-42905
http://www.gendaishorin.co.jp/

デザイン ―――――― 吉崎広明（ベルソグラフィック）

印刷・製本　広研印刷㈱
定価はカバーに表示してあります。
万一、落丁・乱丁のある場合は購入書店名を明記の上、小社営業部までお送りください。送料は小社負担でお取り替え致します。
この本に関するご意見・ご感想をメールでお寄せいただく場合は、info@gendaishorin.co.jp まで。

ISBN978-4-7745-1518-2　C0095

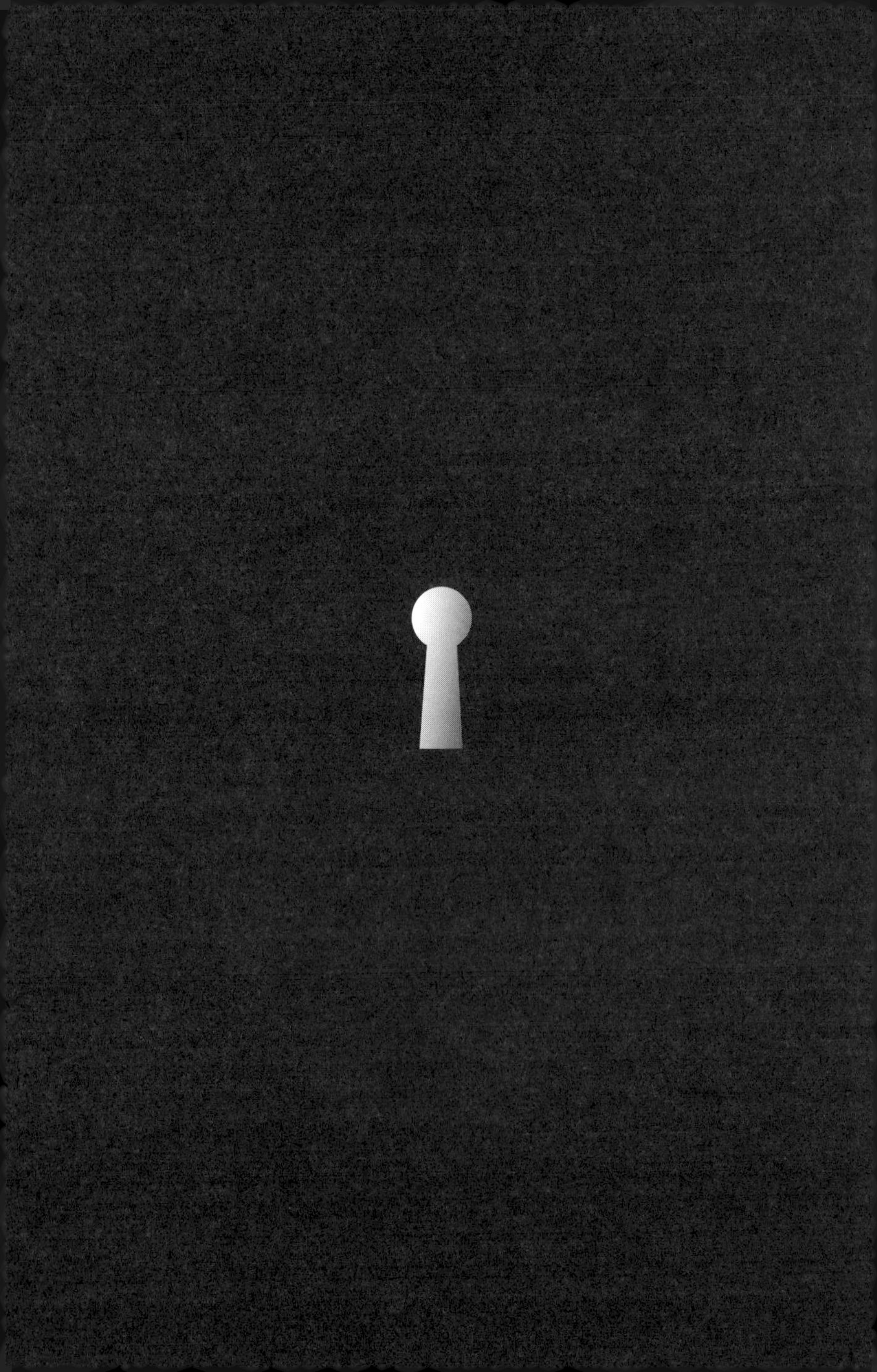